ILEX AQUIFOLIUM

MARIE-LUCIE BOUGON

Dépôt légal : décembre 2018
Copyright Realities Inc.
ISBN : 979-10-95442-40-0
Crédits image de couverture : Lisla/Shutterstock

Realities Inc.
2 rue des Promenades
22000 Saint-Brieuc

ILEX AQUIFOLIUM

Les contes l'ont imaginée blanche, liliale, la chevelure ornée de douces étoiles de givre, le regard clair. Mais je peux désormais vous dire que la Reine des Neiges est une flamme rouge, une gemme écarlate livrée à l'inconstance des cieux, une torche vive. Je n'ai jamais trouvé le froid si différent de la chaleur : une même sensation jaillit dans cette intensité, dans cette foudre qui emplit le corps lorsque ces deux extrêmes ensemble éclosent. Toucher la neige, c'est toucher le feu, glacer sa chair jusqu'à ce qu'elle ne soit plus qu'une violente brûlure. Tenter de faire ployer le givre, c'est plonger dans un bûcher, périr dans une gerbe de flammes blanches. Je me souviens encore de la première fois que je vis de la neige à New Shanghai, au cours de cet hiver cendreux de l'an passé, le plus rude, disait-on, depuis presque cent ans. Le blanc lumineux du givre avait délicatement saupoudré les toits uniformes de la ville, et il me semblait que la lugubre capitale venait pour la toute première fois d'être touchée par la beauté. Le tramway suspendu était immobilisé, bloqué par les congères, et une horde de voyageurs furieux criait au scandale en insultant la technologie devant les portes des stations gelées. De mon côté, je souriais de leur ardeur, n'ayant que peu de goût pour les traversées mécaniques et préférant de loin marcher pour revenir de mon travail, quel que soit le temps. J'enfilais mes oripeaux thermo-chauffants, bouclais mes chaussures anti-verglas, et m'élançais dans les rues noires, oubliant allègrement les récriminations des autres citadins. J'ignorais quelles étaient les véritables raisons de leurs plaintes, si ce n'est l'habitude : depuis que le port des combinaisons avait été rendu obligatoire, plus personne n'était autorisé à souffrir du froid. La plupart d'entre elles étaient même dotées de petits pulseurs d'air chaud situés sous la capuche molletonnée, afin que la peau nue du visage ne soit pas exposée aux duretés de l'hiver. Quant aux sols glissants, il y avait bien longtemps qu'on ne les craignait plus. Tout avait été si bien pensé que nul, à New Shanghai, n'avait jamais eu à supporter un rhume, une chute, ou tout autre désagrément lié aux saisons. Le protocole était conçu afin de nous éviter ces peines, et j'aimais profiter de ce confort pour réaliser mes promenades journalières et laisser virevolter mes pensées.

Ce jour-là, selon mon usage, j'entrepris de traverser le Jardin d'Acclimatation, ce splendide petit vestige de l'Ancien Monde perdu au beau milieu de la cité, envahi de ces racines étranges et de ces feuillées vives que j'aimais contempler le soir. Chaque jour, je choisissais une serre différente, voguant entre les rhododendrons, les buissons d'aubépine et les magnolias parfumés, effleurant les tiges des lys et respirant les roses anciennes, m'extasiant devant chaque nouveau bourgeon. Au hasard, je choisis la serre des aquifoliacées, peuplée d'étranges arbustes aux feuilles luisantes et aux baies de couleurs vives. Plusieurs panneaux criards en interdisaient la cueillette, avertissant les visiteurs de leur pouvoir toxique à l'aide de pictogrammes éloquents et grotesques. Les dédaignant, je m'arrêtai devant un petit buisson aux fruits vermeils, doté de feuilles aiguisées et tranchantes que ne pouvait faire oublier son lustre. Curieux, je me penchai sur le panonceau qui l'accompagnait, déchiffrant avec difficulté les caractères minuscules. *L'ilex aquifolium est un petit arbre à feuillage persistant, produisant des drupes non comestibles. Cultivé à des fins ornementales dans une région de l'Ancien Monde nommée Terra Prima, il était souvent utilisé pour décorer les habitations lors des fêtes hivernales, comme celle de Noël. Sa grande résistance au froid et sa longévité (pouvant aller jusqu'à trois cents ans) lui valaient une réputation de plante sacrée et éternelle.*

« Si cela vous intéresse, Monsieur, il est possible d'en acheter une branche pour six *nayers*. »

Je me relevai un peu brusquement, interrompu dans

ma lecture. Une employée vêtue de la combinaison beige du Jardin d'Acclimatation me regardait en souriant, son sécateur à la main. Je considérai un instant sa proposition, cherchant un moyen poli de décliner, mais je me rappelai soudain qu'il y avait bien longtemps que je n'avais pas ramené à Dee certaines de ces petites curiosités qui la mettaient en joie. Et avec ce temps, on pouvait dire qu'une plante de l'Ancien Monde dédiée à égayer l'hiver constituait un présent de circonstance. « Pourquoi pas, répondis-je à la jeune femme. Quel entretien est-ce que cela nécessite ?

— Absolument aucun, répondit-elle d'un ton affable. C'est une plante qui tient très longtemps.

— Alors, dans ce cas… »

Son sourire s'élargit, et elle s'empressa de m'en couper une branche assez longue, couverte de flamboyantes baies rouges, avant de l'envelopper dans un film protecteur. « Voilà pour vous, Monsieur, vous pouvez l'amener au comptoir en sortant. Et faites attention aux épines ! »

Je la remerciai de son obligeance et me dirigeai pensivement vers l'extérieur, serrant dans ma main cette petite parcelle d'un autre temps. Après toute une journée de réflexions intenses concernant les emballages de pastilles pour la gorge, ponctuée de grandes tasses de *soytea* à la saveur douceâtre, j'avais hâte de rentrer, bien que ce soit dans un appartement triste et exigu, semblable à tous les autres du quartier. Dee m'attendait patiemment, se prélassant sur le sofa en feuilletant les pages virtuelles de son libris, ses boucles noires dissimulant son visage. « Aran ! Je commençais à croire que les pastilles pour la gorge avaient eu raison de toi, dit-elle en se levant d'un bond, s'approchant pour venir m'embrasser.

— Attention ! m'écriai-je pour l'empêcher de toucher les épines. J'ai quelque chose d'un peu piquant à la main.

— Montre ! »

Je lui tendis ma branche empaquetée, qu'elle saisit avec précaution. « Oh ! Tu m'as ramené du houx !

— Non, c'est de l'*ilex aquifolium*, la corrigeai-je diligemment.

« — Ne me sors pas ces espèces de noms prétentieux, c'est du houx ! Oh, Aran, merci ! C'est vraiment très beau. Et adapté au temps !

— Alors tu sais déjà tout là-dessus, pas vrai ? soupirai-je. Je ne vais toujours pas pouvoir me vanter de t'avoir appris quelque chose ?

— Pas cette fois, du moins ! » répondit-elle en déposant un baiser sur ma joue.

S'écartant pour me laisser enlever mes vêtements thermo-chauffants, elle se dirigea vers la cuisine, où je la vis retirer l'emballage translucide de la branche, puis la cambrer de manière à former un cercle, attachant les deux extrémités ensemble avec de la ficelle. « Que fais-tu ? demandai-je avec curiosité.

— J'en fais une couronne pour décorer la porte.

— C'est comme ça qu'il était utilisé dans l'Ancien Monde ? J'ai lu qu'on s'en servait pour décorer les maisons en hiver.

— Oui, notamment pour Noël.

— Ah oui, j'ai aussi vu ce mot ! Tu sais à quoi ça correspond ? »

Dee revint vers moi, un sourire immense plaqué sur ses lèvres très rouges. « Va d'abord t'asseoir au chaud, ensuite, promis, je te raconte tout ce que je sais. »

Obéissant et curieux, je finis de déposer mes affaires dans l'entrée, et allai m'asseoir près de la fenêtre. Quelques flocons étaient restés collés sur la vitre, semblables à de petits parasites argentés nous contemplant silencieusement. J'aurais voulu pouvoir en attraper un pour le regarder de plus près, mais comme dans tous les appartements de New Shanghai, les fenêtres n'étaient plus conçues pour s'ouvrir. J'observais alors distraitement les mouvements de Dee, qui s'affairait à confectionner un système capable de maintenir sa couronne de houx sur la face intérieure de notre porte d'entrée, concentrée et minutieuse. Elle souriait toujours, ponctuant de joie ses gestes prudents, craignant visiblement d'abîmer ce petit vestige végétal. L'Ancien Monde était la grande passion de Dee, celle qui les surpassait toutes, celle qui la poussait à passer des nuits entières à décrypter des langages disparus, à s'abîmer les yeux sur d'illisibles manuscrits numérisés, et à s'enfermer dans un travail sous-payé à la bibliothèque de la ville, rien que pour être au contact de toutes ces archives poussiéreuses qui n'intéressaient plus personne. Plongée dans ses découvertes, elle semblait toujours rayonner, diffuser autour d'elle ce mélange de quiétude et d'enthousiasme fébrile qui me fascinait, déposant d'imperceptibles frissons sur la courbe de ses cils sombres.

« Alors, dit-elle gaiement en venant se lover près de moi, que veux-tu savoir ?

— J'aimerais que tu m'en dises un peu plus sur cette fameuse fête de l'Ancien Monde, répondis-je en passant un bras autour d'elle. Nous avons bien besoin d'égayer cet incroyable hiver, tu ne crois pas ?

— Si, je suis tout à fait d'accord. »

Elle marqua une petite pause, s'arrêtant intentionnellement de parler pour ménager ses effets — elle le faisait toujours quand je l'interrogeais ainsi, tentant d'aiguiser ma curiosité. « D'après ce que je sais, reprit-elle, Noël était une fête célébrée sur Terra Prima, par une certaine communauté religieuse dont le nom m'échappe, afin de commémorer la naissance de leur grand prophète. Mais à vrai dire, ce rite puisait ses origines dans quelque chose de plus ancien, tout simplement lié au cycle des saisons. Dans ce moment de l'hiver où les jours sont très courts, et où la nuit semble régner en permanence, il était important d'apporter un peu de lumière — cette célébration servait avant tout à ça. Allumer une flamme dans les ténèbres, lutter contre l'obscurité, quelque chose de cet ordre-là.

— C'est assez poétique, dis-je d'un ton rêveur. Mais et le houx, alors ? Comment était-il lié à tout ça ?

— C'était une des rares plantes qui poussait encore dans ces périodes de grand froid. Et aussi, je crois me souvenir d'une légende liée à la religion dont je te parlais à l'instant. Il me semble que les parents du prophète avaient été contraints de fuir sous la menace d'un roi, qui savait qu'un grand personnage allait naître d'eux et le dépouiller de son pouvoir. Il les a fait poursuivre par son armée, mais le couple est parvenu à lui échapper en se cachant dans un buisson de houx qui se serait étiré afin de mieux les dissimuler. Depuis, il s'agirait donc d'une sorte d'arbre sacré.

— C'est une belle histoire.

— Oui, en convint-elle, mais il faudrait que je retrouve ce que le houx signifiait dans les cultes antérieurs. Souvent, ces nouvelles religions puisaient leurs éléments dans des croyances plus anciennes.

— Mais ce Noël, demandais-je, était-il célébré dans un seul hémisphère ? Ou dans les deux ?

— Ce culte a connu une très grande expansion sur la planète, répondit-elle, la fête était donc célébrée dans des endroits très divers. Tu penses à la question des saisons ?

— Oui. Si cette célébration servait à apporter de la lumière dans les ténèbres, on devait la fêter à des périodes différentes selon les régions du monde, tu ne crois pas ?

— Non, il me semble que c'était à la même date partout. Sur le plan symbolique, tu as raison, ça perd un peu de sens. »

Je restai songeur un moment, contemplant notre charmante couronne de houx qui luisait doucement à la lueur des lampes. « Et si on essayait de faire la même chose ? lançai-je en me tournant vers Dee. Fêter Noël ? Après tout, on a déjà le houx ! »

Elle se mit à rire doucement, et je vis que ses yeux noirs étincelaient de cette lueur de joie érudite qui la saisissait à la bibliothèque, ce frisson de quand elle dénichait quelque chose de nouveau sous des amoncellements de vieux papiers. « Aran ! Je ne pensais pas t'avoir aussi bien converti aux délices de l'archaïsme, dit-elle malicieusement, rejetant ses cheveux en arrière d'un geste fluide.

— Il faut croire que tu m'as très bien embrigadé ! Alors, dis-moi comment faire ? À part le houx, qu'est-ce qu'il nous reste à trouver ?

— Je ne sais pas pour l'instant, répondit-elle avec gaieté, j'irai regarder demain ce qui est écrit dans les archives de Terra Prima. J'espère que tu réalises que tout le monde nous prendra pour des fous si ça vient à se savoir !

— Oh, tu sais, dis-je en haussant les épaules, ça ne changera pas grand-chose à ce que l'on pense *déjà* de nous. Entre ton travail bizarroïde et mon opération du cerveau, nous avons déjà une réputation de déviants inoffensifs, alors autant l'assumer, tu ne crois pas ?

— Oh si ! renchérit-elle avec un enthousiasme croissant. Mais tu sais, même si je trouve toutes les consignes nécessaires pour fêter Noël dans les archives, il y aura sûrement une bonne quantité de choses qu'on ne pourra pas dénicher ici. Il faudra adapter.

— Je ne suis pas un inconditionnel de l'authenticité comme toi, tu sais, ça ne me dérange pas de faire des ajustements. Ce sera notre Noël, une fête unique au monde !

— Alors d'accord, convint-elle joyeusement, le regard empli d'impatience. Oh, Aran, tu ne pouvais pas me faire plus plaisir ! Je vais fouiller les archives de fond en comble à partir de demain, c'est promis. »

Je me tus devant son enthousiasme de chercheuse, riant simplement de la voir si pleine de vie, si flamboyante parmi tout le blanc de la neige qui avait recouvert la ville.

Après cette soirée, je connus une suite ininterrompue de surprises. Chaque jour, Dee découvrait un petit détail, un indice supplémentaire, et nous tentions de l'appliquer avec tout le zèle possible. Parfois, je retrouvais dans notre appartement de nouvelles décorations, qu'elle avait réalisées à l'aide de la copieuse de la bibliothèque, se servant de photographies des archives comme modèles. Notre chez nous fut bientôt égayé de rubans scintillants et de divers motifs d'or et d'écarlate, et même de l'image d'une sorte de vieux bonhomme barbu et rougeaud, souriant béatement et portant un chapeau ridicule orné d'un pompon mousseux. Un jour, elle m'accueillit avec une boisson chaude odorante, contenant d'étranges épices, et dont la saveur paraissait à la fois étonnante et familière. « Qu'est-ce que c'est ? lui demandai-je, intrigué.

— C'est sensé être du vin chaud, mais ça ne doit pas ressembler beaucoup à ce qu'on buvait sur Terra Prima, on y faisait du vin avec des fruits très différents des nôtres. Qu'est-ce que tu en penses ?

— C'est très bon, répondis-je avec étonnement. Tu as rajouté des arômes ?

— Oui, j'ai mis quelques épices de Reshep… Celles de Terra Prima sont introuvables ! »

Je bus le reste avec délectation, sachant qu'il arrivait à Dee de regretter sa planète natale, la belle Reshep restée imperméable à toute technologie, et que l'on visitait désormais comme une réserve. Il existait une épicerie reshepi dans notre quartier, et je savais que Dee se débrouillait toujours pour trouver une raison d'y aller, supportant difficilement toutes les normes alimentaires de New Shanghai, et le vague goût de désinfectant qui surnageait dans toute la production locale.

« J'espère que tu en referas, lui dis-je en reposant ma tasse sur la table. D'ailleurs, j'ai moi aussi quelque chose qui pourrait te plaire…

— Montre ! »

Je sortis de mon sac un petit paquet plat enveloppé de papier brillant et le lui tendis. Elle s'en saisit et défit l'emballage avec hâte, découvrant une tablette de couleur sombre à la délicate odeur sucrée. « Oh, Aran, comment est-ce que tu as réussi à trouver ça ? Je n'ai pas vu une seule fois de xocoatl depuis que je suis arrivée à New Shanghai !

— Tildo était en déplacement dans le système de Ceriès la semaine dernière, je lui ai demandé d'en ramener un peu.

— C'est fantastique ! s'écria-t-elle avec enthousiasme, les yeux brillants. Tu sais qu'à l'origine, on le consommait seulement sous forme liquide, et sans aucun sucre ?

— Ça ne devait pas être très bon.

— Ce n'était pas fait pour ça, c'était considéré comme une boisson énergisante. Ensuite, les habitants de Terra Prima ont bien perfectionné l'ingrédient de base. Ils en ont fait une véritable industrie…

— Allez, goûte, au lieu de me donner un cours ! » l'interrompis-je en riant.

Elle entreprit précautionneusement d'en découper

un petit carré, puis le posa doucement sur sa langue, les paupières closes. Je souris en la regardant se laisser aller au plaisir de la redécouverte, heureuse derrière l'écran fermé de ses lèvres écarlates. Quand elle eut terminé, elle rouvrit les yeux et je vis qu'elle rayonnait de contentement, se retenant de battre des mains.

« C'est si… intense, Aran ! Tu sais, depuis que nous avons décidé de fêter Noël tous les deux, en adaptant les traditions à notre manière, je me rends vraiment compte qu'ici, à New Shanghai, tout est d'ordinaire insipide. Tu ne trouves pas ? Cette capitale est un vrai gouffre de fadeur.

— Oui, je crois que je vois ce que tu veux dire, répondis-je en m'affaissant un peu plus sur ma chaise. Il m'arrive d'avoir l'impression que tout est comme affaibli, monotone. Et ce n'est pas seulement une question d'habitude. C'est la vie entière qui est comme ça, désormais, depuis que nous avons décidé de quitter l'Ancien Monde.

— Je t'ai vraiment converti, remarqua Dee en venant s'asseoir près de moi.

— Je dirais plutôt que tu m'as fait voir quelque chose qui était déjà là, corrigeai-je doucement. Je ne suis pas un grand nostalgique, tu le sais bien, et je sais que si nous avons quitté l'Ancien Monde pendant l'âge d'expansion, c'était pour une raison bien valable.

— C'était une terre ravagée, nous avons tous vu les images d'archive, renchérit Dee en plongeant son regard dans le mien. Mais crois-tu vraiment qu'il n'y avait aucun espoir ?

— Je n'en sais rien. Mais plus j'explore ce passé avec toi… Plus j'ai l'impression que la vie des anciens était certes difficile, mais plus riche que la nôtre.

— J'ai aussi eu cette impression, tu sais, quand je suis arrivée ici. C'est dur de s'habituer à cet endroit où tout est *soy*-quelque-chose, où chaque nouveau bâtiment est construit sur le modèle du précédent, où les appartements ont les mêmes formes, où les coupes de cheveux sont identiques…

— Tu voudrais déménager de New Shanghai ? Retourner sur Reshep ? la questionnai-je avec une certaine inquiétude.

— Non, je tiens bien trop à ma bibliothèque pour ça, répondit-elle en esquissant un sourire rougeoyant qui me rassura. Et Reshep est devenu une sorte de musée anthropologique pour touristes un peu voyeurs. Mais je crois qu'il faut résister à ça, Aran. Ne pas nous laisser gagner par l'insipide.

— Tu prévois une révolution ? plaisantai-je en découpant à mon tour un petit carré de xocoatl.

— Tu devrais goûter ça, au lieu de dire des bêtises ! » répliqua-t-elle avec un petit rire de gorge.

Répondant à son injonction, je glissai le carré de xocoatl dans ma bouche, et une allégresse dénuée de toute monotonie envahit mes papilles. Ça et le houx, ça et le sourire de Dee, c'était de l'intensité à l'état pur. Je me sentais soudain vivant, plus vivant que jamais. De la lumière dans les ténèbres, oui. C'était exactement ça.

Le lendemain, Dee me ramena une copie numérique d'un ouvrage de l'Ancien Monde traduit en langue commune, une sorte de recueil de petites histoires pour les enfants. « Tu as pensé que c'était plus adapté à mon niveau ? lui demandai-je en plaisantant.

— Ne dis pas n'importe quoi, grommela-t-elle en fronçant les sourcils. Et tu sais, à une certaine époque, écrire pour les enfants permettait aux auteurs de prendre plus de libertés. Ils n'étaient pas soumis à la contrainte d'écrire un *ouvrage sérieux*, ils pouvaient se contenter d'explorer leur imagination.

— D'accord, d'accord. Et quel est le rapport avec Noël ?

— Ce conte-là, à la page soixante-sept, dit-elle en désignant un titre sur la page d'index.

— *La Reine des Neiges* ?

— Oui. Le rapport n'est pas évident au premier abord, mais tu le comprendras très bien si tu le lis à la lumière du cycle des saisons. Mourir pour renaître, et mourir encore. Enfin, tu verras.. »

Prenant son air de conspiratrice, elle s'éclipsa dans la cuisine, me laissant seul avec son *libris*, près de la fenêtre blanche. Je peine encore à me souvenir des événements qui suivirent son départ, car je me sentis soudain, à travers les pages virtuelles qui déroulaient leurs petits signes noirs, complètement emporté par les bourrasques de l'hiver. En décryptant les phrases du conte, tout semblait s'éclairer et s'éteindre à la fois – les symboles, les visions, les craintes. Cette petite fille au nom étrange, pieds nus sur le sol de givre, partie délivrer son ami des rets d'une souveraine des neiges, loin, bien loin, en suivant les indices qu'offraient les rennes, les corneilles et les fleurs. Sous la naïveté enfantine, la belle simplicité des mots et, surtout, derrière ces noms parfois perturbants de l'Ancien Monde que je ne comprenais pas, je parvenais à déceler un motif, une sorte de tapisserie aux multiples dessins, un mandala unificateur qui me permettrait de résoudre l'histoire – si tel était son but. Mais en attendant que Dee – qui avait profité de ma concentration pour sortir – soit revenue pour m'aider à trouver la clé, je restais prisonnier de ce texte, de ses évocations, de ses images. Le visage superbe de la Reine des Neiges se mélangeait dans ma tête avec les souliers rouges de la petite Gerda tombés dans la rivière, et je tentais de chercher le fil qui aurait pu relier tous ces schémas ensemble. Le miroir aux mille éclats de glace, le puzzle de Kay, le jardin luxuriant de la sorcière confronté au palais immuable de Laponie – et surtout, la reine elle-même, sensuelle et hiératique, pouvant tuer d'un seul baiser de froid. Je repensais à l'indice laissé par Dee, le cycle des saisons, la renaissance. L'écharde de glace fichée dans le cœur de Kay, fondant sous la chaleur des larmes de Gerda. La petite fille au visage de rose, comme la décrivait le conteur – une enfant de printemps et de vie, confrontée à un empire de stérilité et de froid. La destruction et la reconstruction, peut-être. Il y avait quelque chose de cet ordre, oui, mais je cherchais en vérité une solution autre, un cheminement précis dont les fils semblaient se tendre vers moi avant de m'échapper. Déployant les fibres de mon esprit, je cherchais désespérément à les porter à ma compréhension, mais dès que je paraissais en saisir l'extrémité, le reste s'enfuyait en ricanant, jouant de ma lourdeur mentale. Songeur, je ne pus m'empêcher d'aller toucher, sous mes cheveux, la vieille cicatrice de mon opération, craignant que ma clarté d'antan ne se soit échappée à jamais. Quelque chose me manquait, oui. Quelque chose de réel.

Je furetais encore dans les pages du libris quand j'entendis le grincement de la porte d'entrée, laissant apparaître une Dee frigorifiée, aux cheveux teintés de doux flocons blancs et aux joues rougies de froid. « Tu n'as pas mis ta combinaison ? m'écriai-je avec stupeur, la voyant dans ses vêtements ordinaires, à peine couverte.

— Quel intérêt ? répondit-elle en retirant ses bottes. C'est bien plus amusant de *ressentir* vraiment les choses, tu ne crois pas ?

— Je crois surtout que tu aurais pu attraper la mort !

— Quel rabat-joie tu fais, grogna-t-elle en me rejoignant près de la fenêtre, s'asseyant auprès de moi. Son nez était écarlate et ses lèvres avaient pris une teinte violacée.

— Tu es complètement folle », soupirai-je en prenant ses mains froides.

Elle ignora ma remarque et demanda, désignant le libris d'un petit coup de menton : « Alors, tu as terminé ?

— Oui, répondis-je en retrouvant mon impatience, j'ai fini de lire. C'est une très belle histoire, Dee, tu avais raison. Mais je ne suis pas sûr d'avoir compris ce que tu voulais que je voie.

— Qu'est-ce que tu as vu ?

— Une sorte d'éternel retour. L'hiver est décrit comme une puissance de destruction – stérilisante, terrible, ravageant les terres. Comme sa reine, la saison a quelque chose de fascinant et de sublime, mais c'est une beauté insoutenable pour les mortels, trop intense, trop vive. Et Gerda arrive avec toute l'innocence, la résolution, le courage du printemps. Elle apporte la régénérescence partout où elle va, elle suscite l'admiration de toute la nature, elle l'éveille sur son passage. Elle fait fondre la glace, elle triomphe comme le feu. Et si Kay doit parvenir à écrire "éternité" avec des morceaux de glace pour être libéré de la reine, c'est parce que ce cycle est voué à se répéter toujours – éternellement.

— Il me semble que tu as bien vu ce qu'il fallait, Aran, affirma Dee avec douceur. Il n'y a que quelques indices supplémentaires que je peux t'apporter – quelques petites clés.

— Lesquelles ?

— Eh bien, dans une des vieilles mythologies du nord de l'Ancien Monde, Gerda était une géante née de la glace, mais qui avait épousé Frey, le dieu de la fertilité.

— Elle a donc choisi la voie du printemps, dis-je d'un air songeur. La création plutôt que la destruction.

— Tu sais, Aran, les anciens étaient des êtres d'équilibre, souffla Dee en un murmure. Ils ne voyaient pas forcément la destruction comme une force négative, ni la création comme quelque chose d'absolument positif. Les deux étaient à la fois dangereux et nécessaires.

— Comment cela ?

— La création recèle sa part de terreur. Imagine un été éternel, qui épuiserait la terre, et surtout, qui permettrait une telle profusion de l'animal et du végétal qu'il finirait par absorber l'homme, le retirer à la civilisation. Ce serait tout aussi effrayant qu'un hiver sans fin.

— La Reine des Neiges est donc nécessaire ?

— Oui, en quelque sorte. Sa venue est indispensable, mais elle ne peut régner éternellement non plus. Il faut faire revenir *le doux été béni*, comme le dit la fin du conte. Et puis recommencer encore.

— Ça semble cohérent, admis-je en continuant de réchauffer ses doigts glacés entre les miens. Mais j'ai encore l'impression que quelque chose m'échappe. À propos du conte, je veux dire.

— Il mérite plusieurs lectures, répondit-elle avec gaieté. Si tu dois y voir autre chose, je suis certaine que tu trouveras ce que c'est. » Elle fit une petite pause, me sourit doucement, puis se leva d'un bond. « Tu veux dîner ? »

J'acquiesçai vigoureusement, me réjouissant à l'idée

d'un plat brûlant pour contrer le blizzard qui soufflait au-dehors, blanchissant les toits uniformes de New Shanghai. Des larmes chaudes pour faire fondre la glace, comme sur le cœur de Kay.

Je passai une nuit paisible, puis d'autres beaucoup moins sereines. Quelque chose continuait à m'échapper, à me glisser entre les doigts. Le jour, je rêvassais au lieu de m'absorber dans la conception des emballages de pastilles pour la gorge. Je n'en pouvais plus de toutes ces réflexions stériles sur la quantité de plastique nécessaire aux blisters, le type de désinfectant utilisé, le respect des conditions sanitaires et le format des boîtes en carton. Tildo, dans le bureau voisin, me regardait avec stupéfaction paresser devant la fenêtre, contempler les flocons qui continuaient de se déverser sur la ville. « Tu ne bosses pas des masses, en ce moment, Aran, me disait-il avec un brin d'inquiétude, lissant les plis de sa tenue réglementaire. Tu es sûr que tout va bien à la maison ?

— Oui oui, Tildo. Je suis juste un peu fatigué.

— Pas de problèmes avec Dee ?

— Non, non. Ne t'en fais pas. »

À sa régulière insistance, je pouvais être certain qu'il ne me croyait pas, mais je ne me voyais pas discuter avec lui de Noël, de la Reine des Neiges, de l'Ancien Monde, de cette lumière que je cherchais fébrilement à trouver dans les ténèbres. Je ne pensais pas qu'il comprendrait – à vrai dire, seule Dee pouvait saisir ce genre de choses, mais quand j'essayais d'en parler avec elle, ses paroles restaient allusives et rassurantes. Pour la toute première fois, j'avais l'étrange impression de savoir quelque chose qu'elle ignorait à propos de l'Ancien Monde, de percevoir un motif qu'elle ne distinguait pas. Je ne pouvais plus, comme avant, me contenter de me tourner vers elle pour trouver toutes les réponses.

Je continuais à traverser le Jardin d'Acclimatation en rentrant du travail, n'y croisant plus personne depuis que le tramway suspendu avait repris son service. À chaque visite, je repensais aux fleurs qui, une à une, racontaient à Gerda leur histoire. La rose, le lis rouge, la jacinthe, le liseron, et d'autres que j'avais oubliées. Je les cherchais dans les différentes serres, comme si je croyais naïvement qu'elles allaient pouvoir se confier à moi. Des fleurs qui parlent, oui. Cet hiver commençait vraiment à entamer ma raison. Un soir, je retournai dans la serre des loranthacées, que j'avais déjà visitée quelques semaines auparavant, et m'attardai devant une plante grimpante fixée sur un tronc rugueux, dotée de jolies feuilles ovales et de baies d'un blanc tirant délicatement sur le vert. *Viscum album*, indiquait le panonceau. *Dépourvue de racines, cette plante hémiparasite a besoin d'un hôte afin de réussir à se développer. Elle poussait à l'état sauvage dans l'Ancien Monde, dans plusieurs régions de Terra Prima. Sa fructification hivernale en faisait une des plantes décoratives les plus prisées lors des fêtes traditionnelles de la saison.*

J'eus un petit geste de recul, cessant immédiatement de lire les inscriptions. Je ne voulais plus entendre parler de coutumes, de folklore, de toutes ces choses anecdotiques. Je voulais du sens, une solution, des réponses qui mettraient fin à cet état de trouble qui envahissait mon esprit à chaque heure de l'hiver. Je voulais ma lumière – pas une autre suite d'indices, de pistes à suivre ou d'histoires énigmatiques. Je voulais comprendre pourquoi Kay avait suivi la Reine des Neiges. Pourquoi, connaissant le danger, il était allé de son plein gré vers sa perte.

« Si cela vous intéresse, Monsieur, il est possible d'en acheter une branche pour cinq *nayers*. » Je sursautai, surpris, me retrouvant en face de la même employée que la dernière fois, souriante dans sa combinaison beige, son petit sécateur accroché à la ceinture. J'eus un petit rire sec, un peu amer : « Non, merci, répondis-je. Pas cette fois. »

Je sortis de la serre avec une sensation d'accablement, rageant contre ces fils qui m'échappaient, ces réseaux de sens qui s'enfuyaient sous mon regard. Contemplant la quiétude blanche du Jardin sous la lueur livide des réverbères, je fus pris de l'impulsion subite d'ouvrir ma combinaison, tirant d'un seul coup sur la fermeture afin d'exposer mon torse aux volutes enneigées du vent. *Comme Dee*, pensai-je. *Pour ressentir quelque chose.* Le froid me saisit en effet avec violence, brûlant et féroce, n'ayant aucune pitié pour mon pauvre corps livré à son feu. J'aspirai une grande bouffée d'air glacé : il traversa chaque fibre de ma chair, s'écoula le long de ma poitrine comme un ruisseau de lave. Le souffle coupé, je le laissai m'emplir sans lutter un seul instant, abaissant mes frontières pour que sa foudre me dévore, immobile, les yeux perdus. Je ne sais combien de temps je restai ainsi, planté au beau milieu des végétaux, ouvert aux salves et aux bourrasques, privé de tout geste. Je crois presque que j'aurais pu me laisser mourir ici, dans cette vague terrifiante de douleur, dans ce déchaînement de forces contraires, mon corps fragile livré à l'hiver blanc.

Quand je me décidai enfin à ouvrir les paupières, le monde me sembla flou, brouillé, comme effacé en partie par un rideau neigeux. J'avançai néanmoins de quelques pas, marchant sans distinguer clairement les larges allées du Jardin, les cils couverts de givre. Dans toute cette étendue blafarde et claire, bardée d'un blanc à rendre aveugle, mon œil fut soudain attiré par une tâche rouge et mouvante, tressautant légèrement aux confins de ma vision. Croyant déceler le panneau indiquant la sortie, je me dirigeai vers ce point d'espoir, marchant avec difficulté. En me rapprochant peu à peu, je m'aperçus qu'il s'agissait de voiles flottants, de flamboyants voiles pourpres, éclairant tout ce blanc de leur faste. Et au centre de ce tourbillon virevoltant et rouge, je vis soudain une silhouette se découper, livide et ondoyante, saisissante comme une tache de sang.

Je tentai de river mon regard sur son visage, et tout redevint clair, d'une clarté presque effrayante de précision. La brume qui voilait mes pupilles se dissipa, la langueur qui habitait mon corps s'en fut, et je me retrouvai brusquement agité d'une vivacité et d'une ardeur que je n'avais que peu souvent ressenties. Là, sous mes yeux décillés, se trouvait une longue femme aux cheveux de corail, scintillante sous sa peau blême, diffusant une sorte de lueur éclatante, insoutenable – et que je tentai pourtant de contempler encore, avide de sa puissance comme je l'avais été de froid. J'étais tout proche, maintenant, et je pouvais même observer ses traits de feu, ses yeux noirs éclairés d'une lueur de cuivre, ses lèvres de coquelicot barrant comme une blessure son visage de glace. Elle ressemblait tellement à Dee que mon cœur se mit à tressauter – je reconnaissais son sourire rouge, ses traits livides et fins, et surtout, elle dégageait cette même impression de tendresse et d'intensité, de mystère et de calme qui me saisissait toujours lorsque je la regardais un peu trop longtemps. Son souffle, que je commençais à sentir diffusément sur ma peau, était aussi froid et terrible qu'une brûlure, un sillon de givre enflammé. Alors, je compris qui elle était et je n'en fus même pas surpris – dans cet état d'éveil accru, de vitalité intense dans lequel j'étais plongé, elle me sembla une évidence, une vérité supérieure, quelque chose qui devait, depuis toujours, surgir devant moi pour me bouleverser.

« Il me semble que tu avais besoin d'un peu de foi, me dit-elle d'une voix claire, aiguë et puissante.

— Je n'étais plus sûr de rien, avouai-je avec rapidité, mes mots sortant de ma bouche à une vitesse excessive. Je doutais, je ne savais plus. Je suis désolé.

— Tu devais toujours croire en moi, pourtant, répondit-elle de son air impassible, ses iris étincelant de leur éclat grenade. Sans cela, je ne serais pas venue jusqu'ici, dans ce lieu où nul ne prête encore attention à mon pouvoir. Dans ce siècle de raisonneurs moroses.

— Je crois en vous, murmurai-je fébrilement, comme pour conjurer un mauvais sort. J'y ai cru depuis que Dee m'a donné le livre, celui... »

Elle interrompit mes paroles d'un geste de la main désinvolte et tranchant, rompant l'air saturé de flocons. Ses voiles écarlates, aussi diaphanes qu'une tunique d'été, virevoltaient toujours dans le vent infernal de l'hiver. « Peu importe, dit-elle. Je suis ici, désormais. Je porte la lumière.

— Alors donnez-la-moi, suppliai-je avec un tremblement non maîtrisé, donnez-la moi, que je puisse enfin comprendre ! »

Elle ne répondit pas, souriant d'un air de conspiratrice résolument semblable à celui de Dee, puis, lentement, elle s'avança vers moi et souffla sur mon visage, arrondissant les lèvres pour me projeter un filet d'air saisissant et glacé sur la figure. Je reculai d'un pas, transi et comme assommé, frissonnant comme un fou sous l'impact. Froid, brûlure, joie ou blessure, je n'aurais pas su dire ce que ce souffle contenait. Tout ce dont je me souviens, c'est de cet effet d'intensité, de violence, de sensation brute et impitoyable, traversant mon corps et mon esprit comme une flamme immense. Je vacillai sur mes talons, ployant sous la force de ce feu irascible, oubliant les heures et l'espace.

« C'est ça, alors ? tentai-je, tremblant encore sous les assauts, frissonnant et perdu. Trouver l'intensité du monde ? » Elle sourit, du beau sourire de Dee, et leurs visages, plus que jamais, se confondirent. « Je ne suis pas seulement une saison, Aran, une phase de destruction pour amener la renaissance, un malheur nécessaire. Je suis aussi le goût, le sel, la valeur de chaque chose, l'aune de la démesure. Et si l'on m'a suivie, c'est avant tout pour ressentir, pour aimer, pour découvrir, pour chanter l'euphorie, la souffrance et les excès. Toucher de près à la folie, à la saveur – au feu et à la glace. »

Je ne répondis rien, frémissant encore, et portai machinalement la main à la cicatrice perdue sous mes cheveux. Doucement, d'un doigt aussi douloureux et ferme que le gel, elle arrêta mon geste, dardant sur moi ses yeux carmin. « Cesse de tourmenter ta chair, dit-elle avec tendresse. On ne t'a rien retiré ici, on a ouvert une porte. Ouvert un espace au monde, au temps, aux plus stupides et aux plus belles folies. À moi. » J'essayai de lui dire quelque chose, mais aucun mot ne passa le rempart de mes lèvres. De nouveau, je me sentis défaillir, une douleur fulgurante traversa ma tête et, dans un dernier regard sur son visage superbe, éclairé de l'immense sourire de Dee, je m'effondrai dans la pénombre, les yeux clos et brûlants, refermés par le givre.

Quand je revins à moi, j'étais miraculeusement sorti du Jardin, comme si j'avais marché sans mon esprit, à la manière d'un somnambule. Pendant quelques instants, je poursuivis mon chemin vers la maison sans penser, les yeux perdus. Puis, je revis se déployer devant moi les voiles rouges, les lèvres de sang, la violence et la folie, la morsure farouche du froid. Une lumière dans les ténèbres, oui, ou plutôt, une sorte d'état indifférencié entre douleur et liesse, flamme, givre, tourmente et accalmie. L'intensité du monde, cette entité insaisissable ou presque dans la fadeur de New Shanghai. Cette poignante et terrible violence qui, seule, pouvait donner du sens à la joie et aux ténèbres. Poursuivant mon trajet du retour, je repensais aussi à Dee, à ses lèvres très rouges, rouges comme les baies de houx que je lui avais ramenées du Jardin d'Acclimatation. Ma Dee qui sortait sans combinaison, méprisant toutes les règles de sécurité, rien que pour *ressentir* quelque chose. Et je compris, dans un sursaut d'évidence, pourquoi la Reine des Neiges avait pris son visage.

Souriant à cette idée, je repris le chemin de la maison, flânant, foulant distraitement la poudre neigeuse qui se tassait sous mes pieds. À l'intérieur, je retrouvais une Dee très gaie, fredonnant doucement en préparant le repas, les joues rehaussées d'une vive teinte carmine. Elle leva les yeux sur moi et arrêta aussitôt son geste, saisie devant mon air euphorique et hagard. « Aran, dit-elle avec inquiétude, que t'est-il arrivé ? » J'attendis un instant, prenant à mon tour cet air de conspirateur dont elle usait si souvent avec moi, ménageant mes effets. Puis, ne pouvant plus me contenir, je m'écriai : « J'ai eu une sorte d'apparition, Dee. Bon sang, tu ne me croiras jamais ! J'ai vu…. Je *l*'ai vue. La Reine. »

Je m'arrêtai brusquement de parler, ne percevant qu'avec trop d'acuité toute l'absurdité de mes paroles, l'étrangeté balbutiante de mes propos. Dee allait me prendre pour un fou. Mais je sentais au fond de moi cette lumière accrue que réfléchissent les certitudes, cette lueur violente de vérité qui me portait à croire, en dépit de tous mes doutes, que je ne venais pas d'imaginer cette scène dans le Jardin. Dee s'avança d'un pas vers moi, souriante, et je vis dans ses yeux un éclat que je connaissais bien.

Mon trouble était si grand que je me sentais près de défaillir, éberlué et encore transi de froid. « Tu savais ? lui demandai-je avec fébrilité, le souffle court.

— Je n'étais pas certaine que cela t'arriverait, répondit-elle doucement. Mais j'étais pleine d'espoir.

— Tu veux dire que... Que tu l'as rencontrée, toi aussi ?

— Je trouve toujours ce que je cherche, Aran. Et je suis heureuse que ça te soit arrivé, à toi aussi. »

Je m'assis pesamment sur une des chaises de la cuisine, engourdi et vidé, tremblant d'exaltation mais privé de toute force. Dee entreprit de continuer ses préparatifs, et pendant un moment, je la regardai s'affairer sans la voir, sachant seulement, à l'oreille, que des couverts s'entrechoquaient. Je n'avais pas besoin de l'observer pour savoir qu'elle versait du *soy*-quelque-chose dans un récipient désinfecté et blanchâtre, maniant des aliments sans goût, sans odeur, livides. « Il faut que nous partions d'ici, lançai-je brutalement, les mots jaillissant de ma bouche avec une hâte paniquée.

— Pourquoi donc ? demanda-t-elle sans hausser le ton, nullement perturbée, dirigeant vers moi ses paisibles iris noirs.

— Parce que cet endroit nous consume, Dee, tu le savais... Il nous abrutit de fadeur ! En voulant nous protéger de nos propres défauts, de toutes ces choses terribles qui ont détruit l'Ancien Monde, nous avons aussi effacé ce qui faisait notre force, cette dose d'indiscipline, de liberté, peut-être, qui est censée donner à la vie sa saveur... Tu le sais bien ! C'est pour cela que tu sors sans combinaison, c'est pour cela que Kay s'enfuit avec la Reine des Neiges...

— Je sais, répondit-elle doucement, s'approchant pour s'asseoir à mes côtés. Mais pourquoi devrions-nous partir, Aran ? Ne serait-ce pas notre mission, à tous les deux ? Regarde ce que nous avons déjà accompli ensemble. Lutter chaque jour un peu plus, en tentant de redonner du goût aux choses. Fêter Noël, à notre façon. Apporter un peu de lumière aux ténèbres.

— Tu crois que c'est suffisant ? demandai-je d'une voix tendue.

— Ça l'est pour moi. »

Je restai silencieux un moment, apaisé par ses mots, retrouvant le souvenir de ces quelques semaines d'hiver ponctuées de surprises. Ensemble, nous avions peuplé les jours de joies simples qui se muaient en de véritables extases. Peut-être était-ce cela, oui. Trouver l'intensité du monde, cette lumière fiévreuse qui seule pouvait traverser les brumes. Éclairer New Shanghai des bonheurs les plus modestes et les plus purs.

« Ils sont tous différents, tu sais, me confia Dee, interrompant les fils soudain limpides de mes pensées.

— Que veux-tu dire ?

— Ce n'est pas elle qui m'est apparue. J'ai rencontré quelqu'un d'autre.

— Qui était-ce ? demandai-je avec impatience.

— Je l'ignore. »

Son sourire s'élargit, flamboyant d'un puissant éclat rouge.

« Mais il avait ton visage. »

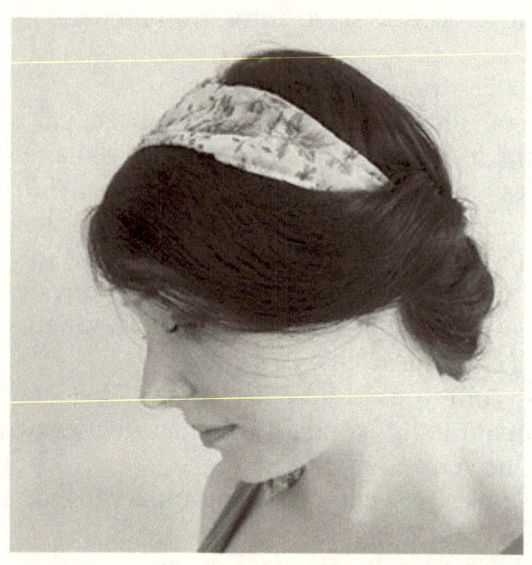

Marie Lucie Bougon est doctorante en littérature comparée à l'université d'Artois, où elle prépare une thèse sur la réception de la fantasy en France.

En 2013, elle a fait partie des lauréats du prix du jeune écrivain de langue française. Sa nouvelle lauréate a d'ailleurs été traduite en allemand chez les éditions Wagenbach quelques années plus tard.

Ses lectures sont variées, allant de la mythologie celte à Colette, Yeats, Marguerite Yourcenar ou Robin Hobb.

Sur son temps libre, elle pratique le chant et regarde en boucle Battlestar Galactica et Firefly !

Bibliographie

Autodafé
Anthologie « Réalités Volume I »
Realities Inc. (2017)

Strates
Anthologie « Dérives fantastiques »
éditions Sombres Rets (2014)

Le Club des érudits hallucinés
Anthologie « Montres enchantées »
éditions du Chat Noir (2014)

La Nouvelle Hétaïre
Anthologie « Icare et autres nouvelles »
éditions Buchet-Chastel (2013)

La Dame de la chasse
Anthologie « Ils ne devaient pas s'aimer »
éditions Val Sombre (2012)

Annexe :

La Reine des Neiges

Hans Christian Andersen

Traduction : Ernest Grégoire et Louis Moland

PREMIÈRE HISTOIRE

QUI TRAITE DU MIROIR
ET DE SES MORCEAUX

Voyons, nous commençons. Quand nous serons au bout de notre conte, nous en saurons bien plus que maintenant, car nous avons parmi nos personnages un vilain merle, le plus méchant de tous, le Diable.

Un jour, il était de bien bonne humeur ; il venait de confectionner un miroir qui avait une merveilleuse propriété : le beau, le bien s'y réfléchissaient, disparaissaient presque entièrement ; tout ce qui était mauvais et déplaisant ressortait, au contraire, et prenait des proportions excessives. Les plus admirables paysages, par ce moyen, ressemblaient à des épinards cuits. Les hommes les meilleurs et les plus honnêtes paraissaient des monstres ; les plus beaux semblaient tout contrefaits : on les voyait la tête en bas ; les visages étaient contournés, grimaçants, méconnaissables ; la plus petite tache de rousseur devenait énorme et couvrait le nez et les joues.

« Que c'est donc amusant ! » disait le Diable en contemplant son ouvrage. Lorsqu'une pensée sage ou pieuse traversait l'esprit d'un homme, le miroir se plissait et tremblait. Le Diable enchanté riait de plus en plus de sa gentille invention. Les diablotins qui venaient chez lui à l'école, car il était professeur de diablerie, allèrent conter partout qu'un progrès énorme, incalculable, s'accomplissait enfin : c'était seulement à partir de ce jour qu'on pouvait voir au juste ce qu'il en était du monde et des humains. Ils coururent par tout l'univers avec le fameux miroir, et bientôt il n'y eut plus un pays, plus un homme qui ne s'y fût réfléchi avec des formes de caricature.

Ensuite, plus hardis, ils se mirent à voler vers le ciel pour se moquer des anges et du Bon Dieu. Plus ils montaient et s'approchaient des demeures célestes, plus le miroir se contournait et frémissait, à cause des objets divins qui s'y reflétaient ; à peine s'ils pouvaient le tenir, tant il se démenait. Ils continuèrent de voler toujours plus haut, toujours plus près des anges et de Dieu. Tout à coup le miroir trembla tellement qu'il échappa aux mains des diablotins impudents ; il retomba sur la terre où il se brisa en des milliards de milliards de morceaux.

Mais il causa alors bien plus de malheurs qu'auparavant. Ses débris n'étaient pas plus gros que des grains de sable. Le vent les éparpilla à travers le vaste monde. Bien des gens reçurent de cette funeste poussière dans les yeux. Une fois là, elle y restait, et les gens voyaient tout en mal, tout en laid et tout à l'envers. Ils n'apercevaient plus que la tare de chaque créature, que les défectuosités de toute chose ; car chacun des imperceptibles fragments avait la même propriété que le miroir entier. Bien plus, il y eut de ces morceaux qui descendirent jusqu'au cœur de certaines personnes ; alors c'était épouvantable, le cœur de ces personnes devenait comme un morceau de glace, aussi froid et aussi insensible.

Outre ces innombrables petits débris, il resta du miroir quelques fragments plus considérables, quelques-uns grands comme des carreaux de vitre : il ne faisait pas bon de considérer ses amis à travers ceux-ci. D'autres servirent de verres de lunettes : les méchants les mettaient sur leurs yeux pour paraître voir clair et discerner avec une exacte justice. Quand ils avaient ces lunettes sur le nez, ils riaient et ricanaient comme le diable regardant son miroir ; les laideurs qu'ils découvraient partout les flattaient et chatouillaient agréablement leur esprit pervers. C'était un gigantesque miroir ; le vent continua d'en semer les débris à travers les airs.

Maintenant, écoutez bien.

DEUXIÈME HISTOIRE

UN PETIT GARÇON ET UNE PETITE FILLE

Dans la grande ville il y a tant de maisons, tant de familles, tant de monde, que tous ne peuvent avoir un jardin ; la plupart doivent se contenter de quelques pots de fleurs. Deux enfants de pauvres gens avaient trouvé moyen d'avoir mieux qu'un pot de fleurs et presque un jardin. Leurs parents demeuraient dans une étroite ruelle ; ils habitaient deux mansardes en face l'une de l'autre. Les toits des deux maisons se touchaient presque : on pouvait sans danger passer d'une gouttière à l'autre et se rendre visite.

Les enfants avaient devant leur fenêtre chacun une grande caisse de bois remplie de terre, où il poussait des herbes potagères pour le ménage, et aussi dans chaque caisse un rosier. Les parents eurent l'idée de poser les caisses en travers de la petite ruelle, d'une fenêtre à l'autre : ce fut un embellissement considérable : les pois suspendant leurs branches, les rosiers joignant leurs fleurs formaient comme un arc de triomphe magnifique. Les enfants venaient s'asseoir sur de petits bancs entre les rosiers. Quel plaisir, quand on leur permettait d'aller s'amuser ensemble dans ce parterre aérien ! ils n'étaient pas frère et sœur, mais ils s'aimaient autant.

L'hiver, leurs plaisirs étaient interrompus. Les fenêtres étaient souvent gelées et les carreaux couverts d'une couche de glace. Les enfants faisaient alors chauffer un schilling de cuivre sur le poêle, ils l'appliquaient sur le carreau, et cela formait un petit judas tout rond, derrière lequel étincelait de chaque côté un petit œil doux et riant : c'étaient le petit garçon et la petite fille. Il se nommait Kay, elle se nommait Gerda.

En été, ils pouvaient donc aller l'un chez l'autre d'un seul saut. En hiver, il leur fallait descendre de nombreux escaliers et en remonter autant.

On était en hiver. Au dehors la neige voltigeait par

milliers de flocons.

« Ce sont les abeilles blanches », dit la grand'mère.

— Ont-elles aussi une reine ? demanda le petit garçon, car il savait que les abeilles en ont une.

— Certainement, dit la grand'mère. La voilà qui vole là-bas où elles sont en masse. Elle est la plus grande de toutes. Jamais elle ne reste en place, tant elle est voltigeante. Est-elle sur terre, tout à coup elle repart se cacher dans les nuages noirs. Dans les nuits d'hiver, c'est elle qui traverse les rues des villes et regarde à travers les fenêtres qui gèlent alors et se couvrent de fleurs bizarres.

— Oui, oui, c'est ce que j'ai vu ! dirent à la fois les deux enfants ; et maintenant ils savaient que c'était bien vrai ce que disait la grand'mère.

— La Reine des neiges peut-elle entrer ici ? demanda la petite fille.

— Qu'elle vienne donc ! dit Kay, je la mettrai sur le poêle brûlant et elle fondra. »

Mais la grand'mère se mit à lui lisser les cheveux et raconta d'autres histoires.

Le soir de ce jour, le petit Kay était chez lui, à moitié déshabillé, prêt à se coucher. Il mit une chaise contre la fenêtre et grimpa dessus pour regarder le petit trou rond fait au moyen du shilling chauffé. Quelques flocons de neige tombaient lentement. Le plus grand vint se fixer sur le bord d'une des caisses de fleurs ; il grandit, il grandit, et finit par former une jeune fille plus grande que Gerda, habillée de gaze blanche et de tulle bordé de flocons étoilés. Elle était belle et gracieuse, mais toute de glace. Elle vivait cependant ; ses yeux étincelaient comme des étoiles dans un ciel d'hiver, et étaient sans cesse en mouvement. La figure se tourna vers la fenêtre et fit un signe de la main. Le petit garçon eut peur et sauta à bas de la chaise. Un bruit se fit dehors, comme si un grand oiseau passait devant la fenêtre et de son aile frôlait la vitre.

Le lendemain il y eut une belle gelée. Puis vint le printemps ; le soleil apparut, la verdure poussa, les hirondelles bâtirent leurs nids, les fenêtres s'ouvrirent, et les deux enfants se retrouvèrent assis à côté l'un de l'autre dans leur petit jardin là-haut sur le toit.

Comme les roses fleurirent superbement cet été ! et que le jardin se para à plaisir ! La petite fille avait appris par cœur un cantique où il était question de roses ; quand elle le disait, elle pensait à celles de son jardin. Elle le chanta devant le petit garçon, elle le lui apprit, et tous deux unirent bientôt leurs voix pour chanter :

Les roses passent et se fanent. Mais bientôt
Nous reverrons la Noël et l'Enfant Jésus.

Les deux petits embrassaient les fleurs comme pour leur dire adieu. Ils regardaient la clarté du soleil, et souhaitaient presque qu'il hâtât sa course pour revoir plus vite l'Enfant Jésus. Pourtant, quelles belles journées se succédaient pour eux, pendant qu'ils jouaient à l'ombre des rosiers couverts de fleurs !

Un jour Kay et Gerda se trouvaient là, occupés à regarder, dans un livre d'images, des animaux, des oiseaux, des papillons. L'horloge sonna justement cinq heures à la grande église. Voilà que Kay s'écrie : « Aïe, il m'est entré quelque chose dans l'œil. Aïe, aïe, quelque chose m'a piqué au cœur. »

La petite fille lui prit le visage entre les mains, et lui regarda dans les yeux qui clignotaient ; non, elle n'y vit absolument rien.

« Je crois que c'est parti, » dit-il. Mais ce n'était pas parti. C'était un des morceaux de ce terrible miroir dont nous avons parlé, de ce miroir, vous vous en souvenez bien, qui fait paraître petit et laid ce qui est grand et beau, qui met en relief le côté vilain et méchant des êtres et des choses, et en fait ressortir les défauts au préjudice des qualités. Le malheureux Kay a reçu dans les yeux un de ces innombrables débris ; l'atome funeste a pénétré jusqu'au cœur, qui va se racornir et devenir comme un morceau de glace. Kay ne sentait plus aucun mal, mais ce produit de l'enfer était en lui.

« Pourquoi pleures-tu, dit-il à la fillette que son cri de douleur avait émue ; essuie ces larmes, elles te rendent affreuse. Je n'ai plus aucun mal. Fi donc ! s'écria-t-il en jetant les yeux autour de lui, cette rose est toute piquée de vers ; cette autre est mal faite ; toutes sont communes et sans grâce, comme la lourde boite où elles poussent ! » Il donna un coup de pied dédaigneux contre la caisse et arracha les deux fleurs qui lui avaient déplu.

« Kay ! que fais-tu ? » s'écria la petite fille, comme s'il commettait un sacrilège.

La voyant ainsi effrayée, Kay arracha encore une rose, puis s'élança dans sa mansarde sans dire adieu à sa gentille et chère compagne. Que voulez-vous ? C'était l'effet du grain de verre magique.

Le lendemain, ils se mirent à regarder de nouveau dans le livre d'images. Kay n'y vit que d'affreux magots, des êtres ridicules et mal bâtis, des monstres grotesques. Quand la grand'mère racontait de nouveau des histoires, il venait tout gâter avec un mais, ou bien il se plaçait derrière la bonne vieille, mettait ses lunettes et faisait des grimaces. Il ne craignit pas de contrefaire la grand'mère, d'imiter son parler, et de faire rire tout le monde aux dépens de l'aïeule vénérable. Ce goût de singer les personnes qu'il voyait, de reproduire comiquement leurs ridicules, s'était tout à coup développé en lui. On riait beaucoup à le voir ; on disait : « Ce petit garçon est malin, il a de l'esprit. » Il alla jusqu'à taquiner la petite Gerda, qui lui était dévouée de toute son âme. Tout cela ne provenait que de ce fatal grain de verre qui lui était entré au cœur.

Dès lors, il ne joua plus aux mêmes jeux qu'auparavant : il joua à des jeux raisonnables, à des jeux de calcul. Un jour qu'il neigeait (l'hiver était revenu), il prit une loupe qu'on lui avait donnée, et, tendant le bout de sa jacquette bleue au dehors, il y laissa tomber des flocons. « Viens voir à travers le verre, Gerda », dit Kay. Les flocons à travers la loupe paraissaient beaucoup plus gros ; ils formaient des hexagones, des octogones et autres figures géométriques. « Regarde ! reprit Kay, comme c'est arrangée avec art et régularité ; n'est-ce pas bien plus intéressant que des fleurs ? Ici, pas un côté de l'étoile qui dépasse l'autre, tout est symétrique ; il est fâcheux que cela fonde si vite. S'il en était autrement, il n'y aurait rien de plus beau qu'un flocon de neige. ».

Le lendemain, il vint avec ses gants de fourrure et son traineau sur le dos. Il cria aux oreilles de Gerda comme tout joyeux de la laisser seule : « On m'a permis d'aller sur la grand'place où jouent les autres garçons ! » Aussitôt dit, il disparut.

Là, sur la grand'place, les gamins hardis attachaient leurs traîneaux aux charrettes des paysans et se faisaient ainsi traîner un bout de chemin. C'était une excellente manière de voyager. Kay et les autres étaient en train de s'amuser, quand survint un grand traîneau peint en blanc. On y voyait assis un personnage couvert d'une épaisse fourrure blanche, coiffé de même. Le traîneau fit deux fois le tour de la place. Kay y attacha le sien et se fit promener ainsi.

Le grand traîneau alla plus vite, encore plus vite ; il quitta la place et fila par la grand'rue. Le personnage qui le conduisait se retourna et fit à Kay un signe de tête amical, comme s'ils étaient des connaissances. Chaque fois que Kay voulait détacher son traineau, le personnage le regardait, en lui adressant un de ses signes de tête, et Kay subjugué restait tranquille.

Les voilà qui sortent des portes de la ville. La neige commençait à tomber à force. Le pauvre petit garçon ne voyait plus à deux pas devant lui ; et toujours on courait avec plus de rapidité.

La peur le prit. Il dénoua enfin la corde qui liait son traîneau à l'autre. Mais il n'y eut rien de changé : son petit véhicule était comme rivé au grand traîneau qui allait comme le vent. Kay se mit à crier au secours ; personne ne l'entendit ; la neige tombait de plus en plus épaisse, le traîneau volait dans une course vertigineuse ; parfois il y avait un cahot comme si l'on sautait par-dessus un fossé ou par-dessus une haie ; mais on n'avait pas le temps de les voir. Kay était dans l'épouvante. Il voulut prier, dire son Pater ; il n'en put retrouver les paroles ; au lieu de réciter le Pater, il récitait la table de multiplication, et le malheureux enfant se désolait. Les flocons tombaient de plus en plus durs ; ils devenaient de plus en plus gros ; à la fin on eut dit des poules blanches aux plumes hérissées.

Tout d'un coup le traîneau tourna de côté et s'arrêta. La personne qui le conduisait se leva : ces épaisses fourrures qui la couvraient étaient toutes de neige d'une blancheur éclatante. Cette personne était une très grande dame : c'était la Reine des Neiges.

« Nous avons été bon train, dit-elle. Malgré cela, je vois que tu vas geler, mon ami Kay. Viens donc te mettre sous mes fourrures de peaux d'ours. »

Elle le prit, le plaça à côté d'elle, rabattit sur lui son manteau. Elle avait beau parler de ses peaux d'ours, Kay crut s'enfoncer dans une masse de neige.

« As-tu encore froid ? » dit-elle. Elle l'embrassa sur le front. Le baiser était plus froid que glace, et lui pénétra jusqu'au cœur qui était déjà à moitié glacé. Il se sentit sur le point de rendre l'âme. Mais ce ne fut que la sensation d'un instant. Il se trouva ensuite tout réconforté et n'éprouva plus aucun frisson.

« Mon traîneau ! dit-il, n'oublie pas mon traîneau ! »

C'est à quoi il avait pensé d'abord en revenant à lui. Une des poules blanches qui voltigeaient dans l'air fut attelée au traîneau de l'enfant ; elle suivit sans peine le grand traîneau qui continua sa course.

La Reine des Neiges donna à Kay un second baiser. Il n'eut plus alors le moindre souvenir pour la petite Gerda, pour la grand'mère ni pour les siens.

« Maintenant je ne t'embrasserai plus, dit-elle, car un nouveau baiser serait ta mort. »

Kay la regarda en face, l'éclatante souveraine ! Qu'elle était belle ! On ne pouvait imaginer un visage plus gracieux et plus séduisant. Elle ne lui parut plus formée de glace comme la première fois qu'il l'avait vue devant la fenêtre de la mansarde et qu'elle lui avait fait un signe amical. Elle ne lui inspirait aucune crainte. Il lui raconta qu'il connaissait le calcul de tête et même par fractions, et qu'il savait le nombre juste des habitants et des lieues carrées du pays.

La Reine souriait en l'écoutant. Kay se dit que ce n'était peut-être pas assez de ces connaissances dont il était si fier.

Il regarda dans le vaste espace des airs, il se vit emporté

avec elle vers les nuages noirs. La tempête sifflait, hurlait :
c'était une mélodie sauvage comme celle des antiques
chants de combat. Ils passèrent par-dessus les bois, les lacs,
la mer et les continents. Ils entendirent au-dessous d'eux
hurler les loups, souffler les ouragans, rouler les avalanches.
Au-dessus volaient les corneilles aux cris discordants.
Mais plus loin brillait la lune dans sa splendide clarté.
Kay admirait les beautés de la longue nuit d'hiver. Le jour
venu, il s'endormit aux pieds de la Reine des Neiges.

TROISIÈME HISTOIRE

LE JARDIN DE LA FEMME QUI SAVAIT FAIRE DES ENCHANTEMENTS

Que devint la petite Gerda lorsqu'elle ne vit pas revenir son camarade Kay ? Où pouvait-il être resté ? Personne n'en savait rien ; personne n'avait vu par où il était passé. Un gamin seulement raconta qu'il l'avait vu attacher son traîneau à un autre, un très grand, qui était sorti de la ville. Personne depuis ne l'avait aperçu. Bien des larmes furent versées à cause de lui. La petite Gerda pleura plus que tous.

« Il est mort, disait-elle ; il se sera noyé dans la rivière qui coule près de l'école. »

Et elle recommençait à sangloter. Oh ! que les journées d'hiver lui semblèrent longues et sombres !

Enfin le printemps revint, ramenant le soleil et la joie ; mais Gerda ne se consolait point.

« Kay est mort, disait-elle encore, il est parti pour toujours.

— Je ne crois pas, répondit le rayon de soleil.

— Il est mort : je ne le verrai plus ! dit-elle aux hirondelles.

— Nous n'en croyons rien », répliquèrent celles-ci.

À la fin, Gerda elle-même ne le crut plus.

« Je vais mettre mes souliers rouges tout neufs, se dit-elle un matin, ceux que Kay n'a jamais vus, et j'irai trouver la rivière et lui demander si elle sait ce qu'il est devenu. »

Il était de très bonne heure. Elle donna un baiser à la vieille grand'mère qui dormait encore, et elle mit ses souliers rouges.

Puis elle partit toute seule, passa la porte de la ville et arriva au bord de la rivière.

« Est-il vrai, lui dit-elle, que tu m'as pris mon ami Kay ? Je veux bien te donner mes jolis souliers de maroquin rouge si tu veux me le rendre. »

Il lui parut que les vagues lui répondaient par un

balancement singulier. Elle prit ses beaux souliers qu'elle aimait par-dessus tout et les lança dans l'eau. Mais elle n'était pas bien forte, la petite Gerda ; ils tombèrent près de la rive, et les petites vagues les repoussèrent à terre. Elle aurait pu voir par là que la rivière ne voulait pas garder ce présent, parce qu'elle n'avait pas le petit Kay à lui rendre en échange. Mais Gerda crut qu'elle n'avait pas jeté les souliers assez loin du bord ; elle s'avisa donc de monter sur un bateau qui se trouvait là au milieu des joncs. Elle alla jusqu'à l'extrême bout du bateau, et de là lança de nouveau ses souliers à l'eau.

La barque n'était pas attachée au rivage. Par le mouvement que lui imprima Gerda, elle s'éloigna du bord. La fillette s'en aperçut et courut pour sauter dehors ; mais lorsqu'elle revint à l'autre bout, il y avait déjà la distance de trois pieds entre la terre et le bateau.

Le bateau se mit à descendre la rivière. Gerda, saisie de frayeur, commença à pleurer. Personne ne l'entendit, excepté les moineaux ; mais ils ne pouvaient pas la rapporter à terre.

Cependant, comme pour la consoler, ils volaient le long de la rive et criaient : « Her ere vi ! her ere vi ! ».

La nacelle suivait toujours le cours de l'eau. Gerda avait cessé de pleurer et se tenait tranquille. Elle n'avait aux pieds que ses bas. Les petits souliers rouges flottaient aussi sur la rivière, mais ils ne pouvaient atteindre la barque qui glissait plus vite qu'eux.

Sur les deux rives poussaient de vieux arbres, de belles fleurs, du gazon touffu où paissaient des moutons ; c'était un beau spectacle. Mais on n'apercevait pas un être humain. « Peut-être, pensa Gerda, la rivière me mène-t-elle auprès du petit Kay. » Cette pensée dissipa son chagrin. Elle se leva et regarda longtemps le beau paysage verdoyant.

Elle arriva enfin devant un grand verger tout planté de cerisiers. Il y avait là une étrange maisonnette dont les fenêtres avaient des carreaux rouges, bleus et jaunes, et dont le toit était de chaume. Sur le seuil se tenaient deux soldats de bois qui présentaient les armes aux gens qui passaient.

Gerda les appela à son secours : elle les croyait vivants. Naturellement, ils ne bougèrent pas. Cependant la barque approchait de la terre. Gerda cria plus fort. Alors sortit de la maisonnette une vieille, vieille femme qui s'appuyait sur une béquille ; elle avait sur la tête un grand chapeau de paille enguirlandé des plus belles fleurs.

« Pauvre petite, dit-elle, comment es-tu arrivée ainsi sur le grand fleuve rapide ? Comment as-tu été entraînée si loin à travers le monde ? » Et la bonne vieille entra dans l'eau ; avec sa béquille elle atteignit la barque, l'attira sur le bord, et enleva la petite Gerda. L'enfant, lorsqu'elle eut de nouveau les pieds sur la terre, se réjouit fort ; toutefois elle avait quelque frayeur de l'étrange vieille femme.

« Raconte-moi, dit celle-ci, qui tu es et d'où tu viens ? » Gerda lui fit le récit de tout ce qui lui était arrivé. La vieille secouait la tête et disait : « Hum ! hum ! » Lorsque la fillette eut terminé son récit, elle demanda à la vieille si elle n'avait pas aperçu le petit Kay. La vieille répondit qu'il n'avait point passé devant sa maison, mais ne tarderait sans doute pas à venir. Elle exhorta Gerda à ne plus se désoler, et l'engagea à goûter ses cerises et à admirer ses fleurs.

« Elles sont plus belles, ajouta-t-elle, que toutes celles qui sont dans les livres d'images ; et, de plus, j'ai appris à chacune d'elles à raconter une histoire. »

Elle prit l'enfant par la main et la conduisit dans la maisonnette dont elle ferma la porte. Les fenêtres étaient très élevées au-dessus du sol ; les carreaux de vitre étaient, avons-nous dit, rouges, bleus et jaunes. La lumière du jour, passant à travers ces carreaux, colorait tous les objets d'une bizarre façon. Sur la table se trouvaient de magnifiques cerises, et Gerda en mangea autant qu'elle voulut, elle en avait la permission.

Pendant qu'elle mangeait les cerises, la vieille lui lissa les cheveux avec un peigne d'or et en forma de jolies boucles qui entourèrent comme d'une auréole le gentil visage de la fillette, frais minois tout rond et semblable à un bouton de rose.

« J'ai longtemps désiré, dit la vieille, avoir auprès de moi une aimable enfant comme toi. Tu verras comme nous ferons bon ménage ensemble. »

Pendant qu'elle peignait ainsi les cheveux de Gerda, celle-ci oubliait de plus en plus son petit ami Kay. C'est que la vieille était une magicienne, mais ce n'était pas une magicienne méchante ; elle ne faisait des enchantements que pour se distraire un peu. Elle aimait la petite Gerda et désirait la garder auprès d'elle.

C'est pourquoi elle alla au jardin et toucha de sa béquille tous les rosiers ; et tous, même ceux qui étaient pleins de vie, couverts des plus belles fleurs, disparurent sous terre ; on n'en vit plus trace. La vieille craignait que, si Gerda apercevait des roses, elles ne lui rappelassent celles qui étaient dans la caisse de la mansarde ; alors l'enfant se souviendrait de Kay, son ami, et se sauverait à sa recherche.

Quand elle eut pris cette précaution, elle mena la petite dans le jardin. Ce jardin était splendide : quels parfums délicieux on y respirait ! Les fleurs de toutes saisons y brillaient du plus vif éclat. Jamais, en effet, dans aucun livre d'images, on n'en avait pu voir de pareilles. Gerda sautait de joie ; elle courut à travers les parterres, jusqu'à ce que le soleil se fût couché derrière les cerisiers. La vieille la ramena alors dans la maisonnette ; elle la coucha dans un joli petit lit aux coussins de soie rouge brodés de violettes. Gerda s'endormit et fit des rêves aussi beaux qu'une reine le jour de son mariage.

Le lendemain, elle retourna jouer au milieu des fleurs, dans les chauds rayons du soleil. Ainsi se passèrent bien des jours. Gerda connaissait maintenant toutes les fleurs du jardin : il y en avait des centaines ; mais il lui semblait parfois qu'il en manquait une sorte ; laquelle ? Elle ne savait.

Voilà qu'un jour elle regarda le grand chapeau de la vieille, avec la guirlande de fleurs. Parmi elles, la plus belle était une rose. La vieille avait oublié de l'enlever. On pense rarement à tout.

« Quoi ! s'écrie aussitôt Gerda, n'y aurait-il pas de roses

ici ? Cherchons. »

Elle se mit à parcourir tous les parterres ; elle eut beau fureter partout, elle ne trouva rien. Elle se jeta par terre en pleurant à chaudes larmes. Ces larmes tombèrent justement à l'endroit où se trouvait un des rosiers que la vieille avait fait rentrer sous terre. Lorsque la terre eut été arrosée de ces larmes, l'arbuste en surgit tout à coup, aussi magnifiquement fleuri qu'au moment où il avait disparu.

À cette vue, Gerda ne se contint pas de joie. Elle baisait chacune des roses l'une après l'autre. Puis elle pensa à celles qu'elle avait laissées devant la fenêtre de la mansarde, et alors elle se souvint du petit Kay.

« Dieu ! dit-elle, que de temps on m'a fait perdre ici ! Moi, qui étais partie pour chercher Kay, mon compagnon ! Ne savez-vous pas où il pourrait être ? demanda-t-elle aux roses. Croyez-vous qu'il soit mort ?

— Non, il ne l'est pas, répondirent-elles. Nous venons de demeurer sous terre ; là sont tous les morts, et lui ne s'y trouvait pas.

— Merci ! Grand merci ! » dit Gerda. Elle courut vers les autres fleurs ; s'arrêtant auprès de chacune, prenant dans ses mains mignonnes leur calice, elle leur demanda : « Ne savez-vous pas ce qu'est devenu le petit Kay ? »

Les fleurs lui répondirent. Gerda entendit les histoires qu'elles savaient raconter, mais c'étaient des rêveries. Quant au petit Kay, aucune ne le connaissait.

Que disait donc le lis rouge ?

« Entends-tu le tambour ? Boum, boum ! Toujours ces deux sons ; toujours boum, boum ! Entends-tu le chant plaintif des femmes, les prêtres qui donnent des ordres ? Revêtue de son grand manteau rouge, la veuve de l'Indou est sur le bûcher. Les flammes commencent à s'élever autour d'elle et du corps de son mari. La veuve n'y fait pas attention ; elle pense à celui dont les yeux jetaient une lumière plus vive que ces flammes : à celui dont les regards avaient allumé dans son cœur un incendie plus fort que celui qui va réduire son corps en cendres. Crois-tu que la flamme de l'âme puisse périr dans les flammes du bûcher ?

— Comment veux-tu que je le sache ? dit la petite

Gerda.

— Mon histoire est terminée », dit le lis rouge.

Que raconta le liseron ?

« Sur la pente de la montagne est suspendu un vieux donjon : le lierre pousse par touffes épaisses autour des murs et grimpe jusqu'au balcon. Là se tient debout une jeune fille : elle se penche au-dessus de la balustrade et regarde le long de l'étroit sentier. Quelle fleur dans ces ruines ! La rose n'est pas plus fraîche et ne prend point avec plus de grâce à sa tige : la fleur du pommier n'est pas plus légère et plus aérienne. Quel doux frou-frou font ses vêtements de soie ! «Ne vient-il donc pas ?» murmure-t-elle.

— Est-ce de Kay que tu parles ? demanda la petite Gerda.

— Non, il ne figure pas dans mon conte », répondit le liseron.

Que dit la petite perce-neige ?

« Entre les branches, une planche est suspendue par des cordes, c'est une escarpolette. Deux gentilles fillettes s'y balancent ; leurs vêtements sont blancs comme la neige ; à leurs chapeaux flottent de longs rubans verts. Leur frère, qui est plus grand, fait aller l'escarpolette. Il a ses bras passés dans les cordes pour se tenir. Une petite coupe dans une main, un chalumeau dans l'autre, il souffle des bulles de savon ; et tandis que la balançoire vole, les bulles aux couleurs changeantes montent dans l'air. En voici une au bout de la paille, elle s'agite au gré du vent. Le petit chien noir accourt et se dresse sur les pattes de derrière ; il voudrait aller aussi sur la balançoire, mais elle ne s'arrête pas ; il se fâche, il aboie. Les enfants le taquinent, et pendant ce temps les jolies bulles crèvent et s'évanouissent.

— C'est gentil ce que tu contes-là, dit Gerda à la perce-neige ; mais pourquoi ton accent est-il si triste ? Et le petit Kay ? Tu ne sais rien de lui non plus ? »

La perce-neige reste silencieuse.

Que racontent les hyacinthes ?

« Il y avait trois jolies sœurs habillées de gaze, l'une en

rouge, l'autre en bleu, la dernière en blanc. Elles dansaient en rond à la clarté de la lune sur la rive du lac. Ce n'étaient pas des elfes, c'étaient des enfants des hommes. L'air était rempli de parfums enivrants. Les jeunes filles disparurent dans le bois. Qu'arriva-t-il ? Quel malheur les frappa ? Voyez cette barque qui glisse sur le lac : elle porte trois cercueils où les corps des jeunes filles sont enfermés. Elles sont mortes ; la cloche du soir sonne le glas funèbre.

— Sombres hyacinthes, interrompit Gerda, votre histoire est trop lugubre. Elle achève de m'attrister. Dites-moi, mon ami Kay est-il mort comme vos jeunes filles ? Les roses disent que non, et vous, qu'en dites-vous ?

— Kling, Klang, répondirent les hyacinthes, le glas ne sonne pas pour le petit Kay. Nous ne le connaissons pas. Nous chantons notre chanson, nous n'en savons point d'autre. »

Gerda interrogea la dent-de-lion qu'elle voyait s'épanouir dans l'herbe verte.

« Tu brilles comme un petit soleil, lui dit-elle ; sais-tu où je pourrais trouver mon camarade de jeux ? »

La dent-de-lion brillait en effet sur le gazon ; elle entonna une chanson, mais il n'y était pas question de Kay.

« Dans une petite cour, dit-elle, un des premiers jours du printemps, le soleil du Bon Dieu dardait ses doux rayons sur les blanches murailles, au pied desquelles se montrait la première fleur jaune de l'année, reluisante comme une pièce d'or. La vieille grand'mère était assise dans un fauteuil ; sa petite fille accourut et embrassa la grand'mère : ce n'était qu'une pauvre petite servante ; eh bien ! son baiser valait seul plus que tous les trésors du monde, parce qu'elle y avait mis tout son cœur. Mon histoire est finie, je n'en ai pas appris davantage.

— Pauvre grand'mère ! soupira Gerda ; elle me cherche, elle s'afflige à cause de moi, comme je le faisais pour le petit Kay ; mais je serai bientôt de retour et je le ramènerai. Laissons maintenant ces fleurs ; les égoïstes, elles ne sont occupées que d'elles-mêmes ! »

Sur ce, elle retrousse sa petite robe pour pouvoir

marcher plus vite ; elle court jusqu'au bout du jardin. La porte était fermée ; mais elle pousse de toutes ses forces le verrou et le fait sortir du crampon. La porte s'ouvre et la petite se précipite, pieds nus, à travers le vaste monde.

Trois fois elle s'arrêta dans sa course pour regarder en arrière ; personne ne la poursuivait. Quand elle fut bien fatiguée, elle s'assit sur une grosse pierre ; elle jeta les yeux autour d'elle et s'aperçut que l'été était passé, et qu'on était à la fin de l'automne. Dans le beau jardin, elle ne s'était pas rendu compte de la fuite du temps ; le soleil y brillait toujours du même éclat, et toutes les saisons y étaient confondues. « Que je me suis attardée ! se dit-elle. Comment ! nous voici déjà en automne ! Marchons vite, je n'ai plus le temps de me reposer ! »

Elle se leva pour reprendre sa course ; mais ses petits membres étaient roidis par la fatigue, et ses petits pieds meurtris. Le temps d'ailleurs n'était pas encourageant, le paysage était dépourvu d'attraits. Le ciel était terne et froid. Les saules avaient encore des feuilles, mais elles étaient jaunes et tombaient l'une après l'autre. Il n'y avait plus de fruits aux arbres, excepté les prunelles qu'on y voyait encore ; elles étaient âpres et amères ; la bouche en y touchant se contractait. Que le vaste monde avait un triste aspect ! Que tout y semblait gris, morne et maussade !

QUATRIÈME HISTOIRE

PRINCE ET PRINCESSE

Bientôt Gerda dut s'arrêter de nouveau, elle n'avait plus la force d'avancer. Pendant qu'elle se reposait un peu, une grosse corneille perchée sur un arbre en face d'elle la considérait curieusement. La corneille agita la tête de droite et de gauche et cria : « Crah, crah, g'tak, g'tak ! » C'est à peu près ainsi qu'on dit bonjour en ce pays, mais la brave bête avait un mauvais accent. Si elle prononçait mal, elle n'en était pas moins bienveillante pour la petite fille, et elle lui demanda où elle allait ainsi toute seule à travers le vaste monde.

Gerda ne comprit guère que le mot « toute seule », mais elle en connaissait la valeur par expérience et se rendit compte de la question de la corneille. Elle lui fit le récit de ses aventures, et finit par lui demander si elle n'avait pas vu le petit Kay.

L'oiseau, branlant la tête d'un air grave, répondit :

« Cela pourrait être, cela se pourrait.

— Comment ! Tu crois l'avoir vu ! » s'écria Gerda transportée de joie. Elle serra dans ses bras l'oiseau, qui s'était approché d'elle ; elle l'embrassa si fort qu'elle faillit l'étouffer. « Un peu de raison, un peu de calme, dit la corneille. Je crois, c'est-à-dire je suppose, cela pourrait être. Oui, oui, il est possible que ce soit le petit Kay ; je ne dis rien de plus. Mais en tous cas il t'aura oubliée, car il ne pense plus qu'à sa princesse.

— Une princesse ! reprit Gerda ; il demeure chez une princesse !

— Oui, voici la chose, dit la corneille. Mais il m'est pénible de parler ta langue ; ne connais-tu pas celle des corneilles ?

— Non, je ne l'ai pas apprise, dit Gerda. Grand'mère la savait. Pourquoi ne me l'a-t-elle pas enseignée ?

— Cela ne fait rien, repartit la corneille ; je tâcherai de faire le moins de fautes possible. Mais il faudra m'excuser si, comme je le crains, je pèche contre la grammaire. »

Et elle se mit à conter ce qui suit :

« Dans le royaume où nous nous trouvons règne une princesse qui a de l'esprit comme un ange. C'est qu'elle a lu toutes les gazettes qui s'impriment dans l'univers, et surtout qu'elle a eu la sagesse d'oublier tout ce qu'elle y a lu. Dernièrement, elle était assise sur son trône, et par parenthèse il paraît qu'être assis sur un trône n'est pas aussi agréable qu'on le croit communément et ne suffit pas au bonheur. Pour se distraire, elle se mit à chanter une chanson : la chanson était par hasard celle qui a pour refrain :

Pourquoi donc ne me marierai-je pas ?

«Mais en effet, se dit la princesse, pourquoi ne me marierai-je pas ?» Seulement il lui fallait un mari qui sût parler, causer, lui donner la réplique. Elle ne voulait pas de ces individus graves et prétentieux, ennuyeux et solennels. Au son du tambour, elle convoqua ses dames d'honneur et leur fit part de l'idée qui lui était venue. «C'est charmant, lui dirent-elles toutes ; c'est ce que nous nous disons tous les jours : pourquoi la princesse ne se marie-t-elle pas ?»

» Tu peux être certaine, ajouta ici la corneille, que tout ce que je raconte est absolument exact. Je tiens le tout de mon fiancé, qui se promène partout dans le palais. »

Ce fiancé était naturellement une corneille, une corneille apprivoisée, car les corneilles n'épousent que les corneilles. Bien, reprenons notre récit :

« Donc, continua la corneille, les journaux du pays, bordés pour la circonstance d'une guirlande de cœurs enflammés entremêlés du chiffre de la princesse, annoncèrent que tous les jeunes gens d'une taille bien prise et d'une jolie figure pourraient se présenter au palais et venir deviser avec la princesse : celui d'entre eux qui causerait le mieux et montrerait l'esprit le plus aisé et le plus naturel, deviendrait l'époux de la princesse.

» Oui, oui, dit la corneille, tu peux me croire, c'est comme cela que les choses se passèrent ; je n'invente rien, aussi vrai que nous sommes ici l'une à côté de l'autre.

» Les jeunes gens accoururent par centaines. Mais ils

se faisaient renvoyer l'un après l'autre. Aussi longtemps qu'ils étaient dans la rue, hors du palais, ils babillaient comme des pies. Une fois entrés par la grande porte, entre la double haie des gardes chamarrés d'argent, ils perdaient leur assurance. Et quand des laquais, dont les habits étaient galonnés d'or, les conduisaient par l'escalier monumental dans les vastes salons, éclairés par des lustres nombreux, les pauvres garçons sentaient leurs idées s'embrouiller ; arrivés devant le trône où siégeait majestueusement la princesse, ils ne savaient plus rien dire, ils répétaient piteusement le dernier mot de ce que la princesse leur disait, ils balbutiaient. Ce n'était pas du tout l'affaire de la princesse.

» On aurait dit que ces malheureux jeunes gens étaient tous ensorcelés et qu'un charme leur liait la langue. Une fois sortis du palais et de retour dans la rue, ils recouvraient l'usage de la parole et jasaient de plus belle.

» Ce fut ainsi le premier et le second jour. Plus on en éconduisait, plus il en venait ; on eût dit qu'il en sortait de terre, tant l'affluence était grande. C'était une file depuis les portes de la ville jusqu'au palais. Je l'ai vu, vu de mes yeux, répéta la corneille.

» Ceux qui attendaient leur tour dans la rue eurent le temps d'avoir faim et soif. Les plus avisés avaient apporté des provisions ; ils se gardaient bien de les partager avec leurs voisins : « Que leurs langues se dessèchent ! pensaient-ils ; comme cela ils ne pourront pas dire un mot à la princesse ! »

— Mais Kay, le petit Kay ? demanda Gerda. Quand parut-il ? Était-il parmi la foule ?

— Attends, attends donc reprit la corneille, tu es trop impatiente. Nous arrivons justement à lui. Le troisième jour on vit s'avancer un petit bonhomme qui marchait à pied. Beaucoup d'autres venaient à cheval ou en voiture et faisaient les beaux seigneurs. Il se dirigea d'un air gai vers le palais. Ses yeux brillaient comme les tiens. Il avait de beaux cheveux longs. Mais ses habits étaient assez pauvres.

— Oh ! c'était Kay, bien sûr, s'écria Gerda. Je l'ai donc retrouvé.

— Il portait sur son dos une petite valise…

— Oui, c'était son traîneau avec lequel il partit sur la grand'place.

— Cela peut bien être, dit la corneille ; je ne l'ai pas vu de près. Ce que je sais par mon fiancé, qui est incapable d'altérer la vérité, c'est qu'ayant atteint la porte du château, il ne fut nullement intimidé par les Suisses, ni par les gardes aux uniformes brodés d'argent, ni par les laquais tous galonnés d'or. Lorsqu'on voulut le faire attendre au bas de l'escalier, il dit : « Merci, c'est trop ennuyeux de faire le pied de grue. » Il monta sans plus attendre et pénétra dans les salons illuminés de centaines de lustres. Il n'en fut pas ébloui. Là, il vit les ministres et les excellences qui, chaussés de pantoufles pour ne pas faire de bruit, encensaient le trône. Les bottes du jeune intrus craquaient affreusement. Tout le monde le regardait avec indignation. Il n'avait pas seulement l'air de s'en apercevoir.

— C'était certainement Kay, dit Gerda. Je sais qu'au moment où il disparut on venait justement de lui acheter des bottes neuves. Je les ai entendues craquer, le jour même où il partit.

— Oui, elles faisaient un bruit diabolique, poursuivit la corneille. Lui, comme si de rien était, marcha bravement vers la princesse, qui était assise sur une perle énorme, grosse comme un coussin. Elle était entourée de ses dames d'honneur qui avaient avec elles leurs suivantes. Les chevaliers d'honneur faisaient cercle également : derrière eux se tenaient leurs domestiques, accompagnés de leurs grooms. C'étaient ces derniers qui avaient l'air le plus imposant et le plus rébarbatif. Le jeune homme ne fit même pas attention à eux.

— Ce devait pourtant être terrible que de s'avancer au milieu de tout ce beau monde ! dit Gerda. Mais finalement Kay a donc épousé la princesse ?

— Ma foi, si je n'étais pas une corneille, c'est moi qui l'aurais pris pour mari. Il parla aussi spirituellement que je puis le faire, que je puis le faire quand je parle la langue des corneilles. Mon fiancé m'a raconté comment l'entrevue se passa. Le nouveau venu fut gai, aimable, gracieux. Il était d'autant plus à l'aise qu'il n'était pas venu dans l'intention d'épouser la princesse, mais pour vérifier seulement si elle avait autant d'esprit qu'on le disait. Il la trouva charmante, et elle le trouva à son goût.

— Plus de doute, dit Gerda, c'était Kay. Il savait tant de choses, même calculer de tête avec des fractions. Écoute, ne pourrais-tu pas m'introduire au palais ?

— Comme tu y vas ? reprit la corneille. Ce que tu me demandes là n'est pas facile. Cependant je veux bien en aller causer avec mon fiancé, il trouvera peut-être un moyen de t'introduire. Mais, je te le répète, jamais une petite fille comme toi, et sans souliers, n'est entrée dans les beaux appartements du palais.

— C'est égal, dit Gerda, quand Kay saura que je suis là il accourra à l'instant me chercher.

— Eh bien ! allons, dit la corneille, le château n'est pas loin ; tu m'attendras à la grille. »

Elle fit à l'enfant un signe de tête et s'envola. Elle ne revint que le soir assez tard : « Rare, rare ! dit-elle, bien des compliments pour toi de la part de mon bon ami, il t'envoie le petit pain que voici, il l'a pris à l'office où il y a tant et tant de pains, parce qu'il a pensé que tu dois avoir faim. Quant à entrer au palais, il n'y faut pas penser : tu n'as pas de souliers. Les gardes chamarrés d'argent, les laquais vêtus de brocart ne le souffriraient pas. C'est impossible. Mais ne pleure pas, tu y entreras tout de même. Mon bon ami, qui est capable de tout pour m'obliger, connaît un escalier dérobé par où l'on arrive à la chambre nuptiale, et il sait où en trouver la clef. »

La corneille conduisit l'enfant dans le parc par la grande allée, et de même que les feuilles des arbres tombaient l'une après l'autre, de même, sur la façade du palais les lumières s'éteignirent l'une après l'autre. Lorsqu'il fit tout à fait sombre, la corneille mena Gerda à une porte basse qui était entrebâillée.

Oh ! que le cœur de la fillette palpitait d'angoisse et de désir impatient ! Elle s'avançait dans l'ombre furtivement. Si on l'avait vue, on aurait supposé qu'elle allait commettre quelque méfait, et cependant elle n'avait d'autre intention que de s'assurer si le petit Kay était bien là. Elle n'en doutait presque plus ; le signalement donné par la corneille ne lui paraissait pas applicable à un autre. Les yeux vifs et intelligents, les beaux cheveux longs, la langue déliée et bien pendue, comme on dit, tout lui désignait le petit Kay. Elle le voyait déjà devant elle ; elle se le représentait lui souriant comme lorsqu'ils étaient assis côte à côte sous les rosiers de la mansarde.

« Comme il va se réjouir de me revoir ! pensait-elle. Comme il sera curieux d'apprendre le long chemin que j'ai fait à cause de lui ! Et qu'il sera touché de savoir la désolation qui a régné chez lui et chez nous, lorsqu'on ne l'a pas vu revenir ! »

Elles montèrent l'escalier. En haut se trouvait une petite lampe allumée sur un meuble. La corneille apprivoisée était sur le sol, sautillant et tournant coquettement la tête de côté et d'autre, Gerda, s'inclinant, lui fit une belle révérence, comme sa grand'mère lui avait appris à la faire.

« Ma fiancée m'a dit beaucoup de bien de vous, ma petite demoiselle, dit la corneille. Vos malheurs m'ont émue, et j'ai promis de vous venir en aide. Maintenant, voulez-vous prendre la lampe ? Je vous montrerai le chemin. N'ayez pas peur, nous ne rencontrerons personne.

— Il me semble, dit Gerda, qu'il vient quelqu'un derrière nous. »

On voyait, en effet, se dessiner sur la muraille des ombres de chevaux en crinières flottantes, aux jambes maigres, tout un équipage de chasse, des cavaliers et des dames sur les chevaux galopants.

« Ce sont des fantômes, dit la corneille ; ils viennent chercher les pensées de Leurs Altesses pour les mener à la chasse folle des rêves. Cela n'en vaut que mieux pour vous. Le prince et la princesse se réveilleront moins aisément, et vous aurez le temps de les mieux considérer. Je n'ai pas besoin de vous dire que, si vous arrivez aux honneurs et aux dignités, nous espérons que vous vous montrerez reconnaissante envers nous.

— Cela s'entend de soi », dit la corneille rustique.

On voyait bien par ces mots qu'elle n'était guère civilisée et n'avait pas l'expérience des cours.

Elles arrivèrent dans une première salle, dont les murs étaient tendus de satin rose brodé de fleurs. Les Rêves y passèrent, s'en revenant au galop, mais si vite, que Gerda n'eut pas le temps de voir les pensées de Leurs Altesses, qu'ils emmenaient. Puis elles entrèrent dans une autre salle, puis dans une troisième, l'une plus magnifique que l'autre. Oui, certes, il y avait de quoi perdre sa présence d'esprit en voyant ce luxe prodigieux. Mais Gerda y arrêtait à peine les yeux, et ne pensait qu'à revoir Kay, son compagnon.

Les voici enfin dans la chambre à coucher. Le plafond en cristal formait une large couronne de feuilles de palmier. Au milieu s'élevait une grosse tige d'or massif, qui portait deux lits semblables à des fleurs de lis : l'un blanc, où reposait la princesse ; l'autre couleur de feu, où reposait le prince. Gerda s'en approcha, sûre d'y trouver son ami. Elle releva une des feuilles jaune-rouge, qu'on rabaissait le soir ; elle vit la nuque du dormeur, dont les bras cachaient le visage. Elle crut reconnaître cette nuque légèrement brune, et elle appela Kay par son nom, tenant la lampe en avant pour qu'il la vît en ouvrant les yeux. Les fantômes du rêve arrivèrent au triple galop, ramenant l'esprit du jeune prince. Il s'éveilla, tourna la tête.

Ce n'était pas le petit Kay !

Ils ne se ressemblaient que par la nuque. Le prince ne laissait pourtant pas d'être un joli garçon. Voilà que la princesse avança sa gentille figure sous les feuilles de lis blanches, et demanda qui était là. La petite Gerda, sanglotant, resta un moment sans répondre ; ensuite elle raconta toute son histoire, et n'omit pas de dire notamment combien les corneilles avaient été complaisantes pour elle. « Pauvre petite ! » firent le prince et la princesse attendris. Et ils complimentèrent les deux braves bêtes, les assurèrent qu'ils n'étaient pas fâchés de ce qu'elles avaient fait contre toutes les règles de l'étiquette ; mais leur disant qu'elles ne devaient pas recommencer. Ils leur promirent même une récompense : « Voulez-vous un vieux clocher où vous habiterez toutes seules, ou préférez-vous être élevées à la dignité de corneilles de la chambre, qui vous donnera droit sur tous les restes de la table ? »

Les corneilles s'inclinèrent en signe de reconnaissance, et demandèrent à être attachées au palais : « Dans notre race, dirent-elles, la vieillesse dure longtemps, et par ce moyen nous serons sûres d'avoir de quoi vivre dans nos vieux jours. ».

Le prince sortit de son lit et y laissa reposer Gerda. C'est tout ce qu'il pouvait faire pour elle. L'enfant joignit ses petites mains : « Dieu ! murmura-t-elle avec gratitude, que les hommes et les bêtes ont de la bonté pour moi ! » Puis elle ferma les yeux et s'endormit. Les Rêves accoururent vers elle ; ils avaient la figure d'anges du Bon Dieu ; ils poussaient un petit traîneau où était assis Kay, qui la regardait en souriant. Mais quand elle s'éveilla, tout avait disparu.

Le lendemain on l'habilla, de la tête aux pieds, de velours et de soie. La princesse lui proposa de rester au château, pour y passer sa vie au milieu des fêtes. Gerda n'eut garde d'accepter ; elle demanda une petite voiture avec un cheval, et une paire de bottines, pour reprendre son voyage à travers le monde, à la recherche de Kay.

Elle reçut de jolies bottines, et de plus un manchon. Lorsqu'elle fut au moment de partir, elle trouva dans la cour un carrosse neuf, tout en or, armorié aux armes du prince et de la princesse. Les coussins étaient rembourrés de biscuits ; la caisse était remplie de fruits et de pain d'épice. Le cocher, le groom et le piqueur, car il y avait aussi un piqueur, avaient des costumes brodés d'or et une couronne d'or sur la tête.

Le prince et la princesse aidèrent eux-mêmes Gerda à monter en voiture et lui souhaitèrent tout le bonheur possible. La corneille des bois, qui avait épousé son fiancé, l'accompagna et se plaça au fond de la voiture, car cela l'incommodait d'aller à reculons. La corneille apprivoisée s'excusa de ne point faire la conduite à Gerda ; elle ne se trouvait pas bien disposée. Depuis qu'elle avait droit à toutes les miettes de la table, elle avait l'estomac dérangé.

Mais elle vint à la portière de la voiture et battit des ailes lorsque l'équipage partit.

« Adieu, adieu, mignonne ! » dirent le prince et la princesse. Et la petite Gerda pleurait, et la corneille pleurait. Bientôt on eut fait trois lieues. Alors la corneille des bois prit aussi congé. Comme elle était une simple campagnarde, elle s'était vite attachée de cœur à la petite, et cela lui faisait grand'peine de la quitter. Elle vola sur un arbre, et là elle battit des ailes aussi longtemps qu'elle put apercevoir le carrosse, qui brillait comme un vrai soleil.

CINQUIÈME HISTOIRE

LA PETITE FILLE DES BRIGANDS

On arriva dans une forêt sombre ; mais on y voyait très clair à la lueur que jetait le carrosse. Cette lumière attira une bande de brigands, qui se précipitèrent comme les mouches autour de la flamme : « Voilà de l'or, de l'or pur ! » s'écriaient-ils, et ils saisirent les chevaux, tuèrent cocher, groom et piqueur, et enlevèrent la petite Gerda du carrosse.

« Qu'elle est donc fraîche et grassouillette, cette petite créature ! On dirait qu'elle n'a jamais mangé que des noix ! » Ainsi parlait la vieille mère du chef des brigands ; elle avait une longue et vilaine moustache et de grands sourcils qui lui couvraient presque entièrement les yeux. « Sa chair, reprit-elle, doit être aussi délicate que celle d'un petit agneau dodu. Oh ! quel régal nous en ferons ! » En prononçant ces mots, elle tirait un grand couteau affilé qui luisait à donner le frisson.

« Aïe ! aïe ! » cria tout à coup la mégère. Sa petite fille, qui était pendue à son dos, une créature sauvage et farouche, venait de la mordre à l'oreille. « Vilain garnement ! » dit la grand'mère, et elle s'apprêtait de nouveau à égorger Gerda. « Je veux qu'elle joue avec moi ! dit la petite brigande. Elle va me donner son manchon et sa belle robe, et elle couchera avec moi dans mon lit. » Elle mordit de nouveau sa grand'mère, qui, de douleur, sauta en l'air. Les bandits riaient en voyant les bonds de la vieille sorcière.

« Je veux entrer dans la voiture », dit la petite fille des brigands ; et il fallut se prêter à son caprice, car elle était gâtée et entêtée en diable. On plaça Gerda à côté d'elle et on s'avança dans les profondeurs de la forêt. La petite brigande n'était pas plus grande que Gerda, mais elle était plus forte, elle était trapue ; son teint était brun, ses yeux noirs : ils étaient inquiets, presque tristes. Elle saisit Gerda brusquement et la tint embrassée : « Sois tranquille, dit-elle, ils ne te tueront pas tant que je ne me fâcherai pas contre toi. Tu es sans doute une princesse ?

— Non », répondit Gerda. Et elle raconta toutes ses aventures à la recherche du petit Kay. La fille des brigands ouvrait de grands yeux sombres et contemplait avec l'attention la plus sérieuse l'enfant à qui étaient arrivées des choses si étranges. Puis elle hocha la tête d'un air de défi. « Ils ne te tueront pas, reprit-elle, même si je me fâchais contre toi. C'est moi-même alors qui te tuerais ! » Elle essuya les larmes qui coulaient des yeux de Gerda ; puis elle fourra ses deux mains dans le beau manchon qui était si chaud et si doux.

On marchait toujours. Enfin la voiture s'arrêta : on était dans la cour d'un vieux château à moitié en ruine, qui servait de repaire aux bandits. À leur entrée, des vols de nombreux corbeaux s'envolèrent avec de longs croassements. D'énormes bouledogues accoururent en bondissant ; ils avaient l'air féroce ; chacun semblait de taille à dévorer un homme. Ils n'aboyaient pas, cela leur était défendu.

Dans la grande salle toute délabrée brûlait sur les dalles un grand feu ; la fumée s'élevait au plafond et s'échappait par où elle pouvait. Sur le feu bouillait un grand chaudron avec la soupe ; des lièvres et des lapins rôtissaient à la broche.

On donna à boire et à manger aux deux petites filles.

« Tu vas venir coucher avec moi et mes bêtes, » dit la petite brigande. Elles allèrent dans un coin de la salle où il y avait de la paille et des tapis. Au-dessus, plus de cent pigeons dormaient sur des bâtons et des planches. Quelques-uns sortirent la tête de dessous l'aile, lorsque les fillettes approchèrent. « Ils sont tous à moi ! » dit la petite brigande, et elle en saisit un par les pieds et le secoua, le faisant battre des ailes. « Embrasse-le », fit-elle en le lançant à travers la figure de Gerda, et elle se mit à rire de la mine piteuse de celle-ci.

« Tous ces pigeons, reprit-elle, sont domestiques ; mais en voilà deux autres, des ramiers, qu'il faut tenir enfermés, sinon ils s'envoleraient : il n'y a pas de danger que je les laisse sortir du trou que tu vois là dans la muraille. Et puis voici mon favori, mon cher Beh ! » Elle tira d'un coin où il était attaché un jeune renne qui avait autour du cou un collier de cuivre bien poli : « Celui-là aussi il faut ne pas le perdre de vue, ou bien il prendrait la clef des champs. Tous les soirs je m'amuse à lui chatouiller le cou avec mon couteau affilé : il n'aime pas cela du tout. »

La petite cruelle prit en effet un long couteau dans une fente de la muraille et le promena sur le cou du renne. La pauvre bête, affolée de terreur, tirait sur sa corde, ruait, se débattait, à la grande joie de la petite brigande. Quand elle eut ri tout son soûl, elle se coucha, attirant Gerda auprès d'elle.

« Vas-tu garder ton couteau pendant que tu dormiras ? dit Gerda, regardant avec effroi la longue lame.

— Oui, répondit-elle, je couche toujours avec mon couteau. On ne sait pas ce qui peut arriver. Mais raconte-moi de nouveau ce que tu m'as dit du petit Kay et de tes aventures depuis que tu le cherches. » Gerda recommença son histoire. Les ramiers se mirent à roucouler dans leur cage ; les autres pigeons dormaient paisiblement.

La petite brigande s'endormit, tenant un bras autour du cou de Gerda et son couteau dans l'autre main. Bientôt elle ronfla. Mais Gerda ne pouvait fermer l'œil ; elle se voyait toujours entre la vie et la mort. Les brigands étaient assis autour du feu ; ils buvaient et chantaient. La vieille mégère dansait et faisait des cabrioles. Quel affreux spectacle pour la petite Gerda !

Voilà que tout à coup les ramiers se mirent à dire : « Cours, cours. Nous avons vu le petit Kay. Une poule blanche tirait son traîneau. Lui était assis dans celui de la Reine des Neiges. Ils vinrent à passer près de la forêt où nous étions tout jeunes encore dans notre nid. La Reine des Neiges dirigea de notre côté son haleine glaciale ; tous les ramiers de la forêt périrent, excepté nous deux. Cours, cours !

— Que dites-vous là, mes amis ? s'écria Gerda. Où s'en allait-elle cette Reine des Neiges ? En savez-vous quelque chose ?

— Elle allait sans doute en Laponie ; là il y a toujours de la neige et de la glace. Demande-le au renne qui est attaché là-bas.

— Oui, répondit le renne, là il y a de la glace et de la neige que c'est un plaisir. Qu'il fait bon vivre en Laponie ! Quels joyeux ébats je prenais à travers les grandes plaines blanches ! C'est là que la Reine des Neiges a son palais d'été. Son vrai fort, son principal château est près du pôle Nord, dans une île qui s'appelle le Spitzberg.

— Ô Kay, pauvre Kay ! Où es-tu ? soupira Gerda.

— Tiens-toi tranquille, dit la fille des brigands, ou je te plonge mon couteau dans le corps. »

Gerda n'ouvrit plus la bouche. Mais le lendemain matin elle raconta à la petite brigande ce qu'avaient dit les ramiers. La petite sauvage prit son air sérieux, et, hochant la tête, elle dit : « Eh bien, cela m'est égal, cela m'est égal. Sais-tu où est la Laponie ? demanda-t-elle au renne.

— Qui pourrait le savoir mieux que moi ? répondit la bête, dont les yeux brillaient au souvenir de sa patrie. C'est là que je suis né, que j'ai été élevé ; c'est là que j'ai bondi si longtemps parmi les champs de neige.

— Écoute, dit à Gerda la fille des brigands. Tu vois, tous nos hommes sont partis. Il ne reste plus ici que la grand'mère ; elle ne s'en ira pas. Mais vers midi elle boit de ce qui est dans la grande bouteille, et après avoir bu elle dort toujours un peu. Alors je ferai quelque chose pour toi. »

Elle sauta à bas du lit, alla embrasser sa grand'mère en lui tirant la moustache : « Bonjour, bonne vieille chèvre, dit-elle, bonjour. » La mégère lui donna un coup de poing tel que le nez de la petite en devint rouge et bleu ; mais c'était pure marque d'amitié.

Plus tard la vieille but en effet de la grande bouteille et ensuite s'endormit. La petite brigande alla prendre le renne : « J'aurais eu du plaisir à te garder, lui dit-elle, pour te chatouiller le cou avec mon couteau, car tu fais alors de drôles de mines ; mais tant pis, je vais te détacher et te laisser sortir, afin que tu retournes en Laponie. Il faudra que tu fasses vivement aller tes jambes et que tu portes cette petite fille jusqu'au palais de la Reine des Neiges, où se trouve son camarade ; tu te rappelles ce qu'elle a conté cette nuit, puisque tu nous écoutais. »

Le renne bondit de joie. Lorsqu'il fut un peu calmé, la petite brigande assit Gerda sur le dos de la bête, lui donna un coussin pour siège et l'attacha solidement, de sorte qu'elle ne pût tomber.

« Tiens, dit-elle, je te rends tes bottines fourrées, car la saison est avancée ; mais le manchon, je le garde, il est par trop mignon. Je ne veux pas cependant que tu aies tes menottes gelées ; voici les gants fourrés de ma grand'mère ; ils te vont jusqu'aux coudes. Allons, mets-les. Maintenant tu as d'aussi affreuses pattes que ma vieille chèvre ! »

Gerda pleurait de joie.

« Ne fais pas la grimace, reprit l'autre, cela me déplaît. Aie l'air joyeux et content. Tiens encore, voici deux pains et du jambon. Comme cela, tu n'auras pas faim. »

Elle attacha ces provisions sur le dos du renne. Alors elle ouvrit la porte, appela tous les gros chiens dans la salle pour qu'ils ne poursuivissent pas les fugitifs, puis coupa la corde avec son couteau affilé, et dit au renne : « Cours maintenant et fais bien attention à la petite fille. »

Gerda tendit à la petite brigande ses mains emmitouflées dans les gants de fourrure, et lui dit adieu. Le renne partit comme un trait, sautant par-dessus les pierres, les fossés. Il traversa la grande forêt, puis des steppes, des marais, puis de nouveau des bois profonds. Les loups hurlaient, les corbeaux croassaient. Tout à coup apparut une vaste lueur comme si le ciel lançait des gerbes de feu : « Voilà mes chères aurores boréales ! s'écria le renne, vois comme elles brillent. » Il galopa encore plus vite, jour et nuit. Les pains furent mangés et le jambon aussi. Quand il n'y eut plus rien, ils étaient arrivés en Laponie.

SIXIÈME HISTOIRE

LA LAPONNE ET LA FINNOISE

Le renne s'arrêta près d'une petite hutte. Elle avait bien pauvre apparence, le toit touchait presque à terre, et la porte était si basse qu'il fallait se mettre à quatre pattes pour entrer et sortir. Il n'y avait dans cette hutte qu'une vieille Laponne qui faisait cuire du poisson. Une petite lampe éclairait l'obscur réduit.

Le renne raconta toute l'histoire de Gerda, après avoir toutefois commencé par la sienne propre, qui lui semblait bien plus remarquable. Gerda était tellement accablée de froid qu'elle ne pouvait parler.

« Infortunés que vous êtes, dit la Laponne, vous n'êtes pas au bout de vos peines ; vous avez à faire encore un fier bout de chemin, au moins cent lieues dans l'intérieur du Finnmarken. C'est là que demeure la Reine des Neiges ; c'est là qu'elle allume tous les soirs des feux pareils à ceux du Bengale. Je m'en vais écrire quelques mots sur une morue sèche (je n'ai pas d'autre papier) pour vous recommander à la Finnoise de là-bas ; elle vous renseignera mieux que moi. » Pendant ce temps, Gerda s'était réchauffée. La Laponne lui donna à boire et à manger ; elle écrivit sa lettre sur une morue sèche et la remit à Gerda, qu'elle rattacha sur le renne.

La brave bête repartit au triple galop. Le ciel étincelait, il se colorait de rouge et de jaune ; l'aurore boréale éclairait la route. Ils finirent par arriver au Finnmarken, et heurtèrent à la cheminée de la Finnoise, dont la maison était sous terre.

Elle les reçut et leur fit bon accueil. Quelle chaleur il faisait chez elle ! Aussi n'avait-elle presque pas de vêtements. Elle était naine et fort malpropre, du reste excellente personne. Elle dénoua tout de suite les habits de Gerda, lui retira les gants et les bottines ; sans cela l'enfant aurait été étouffée de chaleur. Elle eut soin aussi de mettre un morceau de glace sur la tête du renne, pour le préserver d'avoir un coup de sang. Après quoi elle lut ce qui était écrit sur la morue, elle le relut trois fois, de sorte qu'elle le savait par cœur ; alors elle mit la morue dans son pot-au-feu. Dans son pays si pauvre, la Finnoise avait appris à faire bon usage de tout.

Le renne conta d'abord son histoire, puis celle de la petite Gerda. La Finnoise clignait ses petits yeux intelligents, mais ne disait rien.

« Tu es très habile, je le sais, dit le renne ; tu connais de grands secrets. Tu peux, avec un bout de fil lier tous les vents du monde. Si on dénoue le premier nœud, on a du bon vent ; le second, le navire fend les vagues avec rapidité ; mais si on dénoue le troisième et le quatrième, alors se déchaîne une tempête qui couche les forêts par terre. Tu sais aussi composer un breuvage qui donne la force de douze hommes. Ne veux-tu pas en faire boire à cette petite, afin qu'elle puisse lutter avec la Reine des Neiges ?

— La force de douze hommes ? dit la Finnoise. Oui, peut-être, cela pourrait lui servir. »

Elle tira de dessous le lit une grande peau roulée, la déploya et se mit à lire les caractères étranges qui s'y trouvaient écrits. Il fallait une telle attention pour les interpréter, qu'elle suait à grosses gouttes. Elle faisait mine de ne pas vouloir continuer de lire, tant elle en éprouvait de fatigue. Mais le bon renne la pria instamment de venir en aide à la petite Gerda, et de ne pas l'abandonner. Celle-ci la regarda aussi avec des yeux suppliants, pleins de larmes. La Finnoise cligna de l'œil et reprit sa lecture. Puis elle emmena le renne dans un coin, et, après lui avoir remis de la glace sur la tête, elle lui dit à l'oreille :

« Ce grimoire vient de m'apprendre que le petit Kay est, en effet, auprès de la Reine des Neiges. Il y est très heureux, il trouve tout à son goût ; c'est, selon lui, le plus agréable lieu du monde. Cela vient de ce qu'il a au cœur un éclat de verre, et dans l'œil un grain de ce même verre, qui dénature les sentiments et les idées. Il faut les lui retirer ; sinon il ne redeviendra jamais un être humain digne de ce nom, et la Reine des Neiges conservera tout empire sur lui.

— Ne peux-tu faire boire à la petite Gerda un breuvage qui lui donne la puissance de rompre ce charme !

— Je ne saurais la douer d'un pouvoir plus fort que celui qu'elle possède déjà. Tu ne vois donc pas que bêtes et gens sont forcés de la servir, et que, partie nu-pieds de sa ville natale, elle a traversé heureusement la moitié de l'univers. Ce n'est pas de nous qu'elle peut recevoir sa force ; elle réside en son cœur, et vient de ce qu'elle est un enfant innocent et plein de bonté. Si elle ne peut parvenir jusqu'au palais de la Reine des Neiges et enlever les deux débris de verre qui ont causé tout le mal, il n'est pas en nous de lui venir en aide. Tout ce que tu as à faire, c'est donc de la conduire jusqu'à l'entrée du jardin de la Reine des Neiges, à deux lieues d'ici. Tu la déposeras près d'un bouquet de broussailles aux fruits rouges, que tu verras là au milieu de la neige. Allons, cours et ne t'arrête pas en route à bavarder avec les rennes que tu rencontreras. »

Et la Finnoise plaça de nouveau Gerda sur la bête, qui partit comme une flèche.

« Halte ! dit la petite, je n'ai pas mes bottines ni mes gants fourrés. » Elle s'en apercevait au froid glacial qu'elle ressentait. Mais le renne n'osa pas revenir sur ses pas ; il galopa tout d'une traite jusqu'aux broussailles aux fruits rouges. Là il déposa Gerda et lui baisa la bouche ; de grosses larmes coulaient des yeux de la brave bête. Il repartit rapide comme le vent.

La voilà donc toute seule, la pauvre Gerda, sans souliers et sans gants, au milieu de ce terrible pays de Finnmarken, gelé de part en part. Elle se mit à courir en avant aussi vite qu'elle put. Elle vit devant elle un régiment de flocons de neige. Ils ne tombaient pas du ciel, qui était clair et illuminé par l'aurore boréale. Ils couraient en ligne droite sur le sol, et plus ils approchaient, plus elle remarquait combien ils étaient gros.

Elle se souvint des flocons qu'elle avait autrefois avec la loupe, et combien ils lui avaient paru grands et formés avec symétrie. Ceux-ci étaient bien plus énormes et terribles ; ils étaient doués de vie. C'étaient les avant-postes de l'armée de la Reine des Neiges.

Les uns ressemblaient à des porcs-épics; d'autres, à un nœud de serpents entrelacés, dardant leurs têtes de tous côtés; d'autres avaient la figure de petits ours trapus, aux poils rebroussés. Tous étaient d'une blancheur éblouissante.

Ils avançaient en bon ordre. Alors Gerda récita avec ferveur un Notre Père. Le froid était tel qu'elle pouvait voir sa propre haleine, qui, pendant qu'elle priait, sortait de sa bouche comme une bouffée de vapeur. Cette vapeur devint de plus en plus épaisse, et il s'en forma de petits anges qui, une fois qu'ils avaient touché terre, grandissaient à vue d'œil. Tous avaient des casques sur la tête; ils étaient armés de lances et de boucliers. Lorsque l'enfant eut achevé le Pater, il y en avait légion.

Ils attaquèrent les terribles flocons, et, avec leurs lances, les taillèrent en pièces, les fracassèrent en mille morceaux. La petite Gerda reprit tout son courage et marcha en avant. Les anges lui caressaient les pieds et les mains pour que le froid ne les engourdît point. Elle approchait du palais de la Reine des Neiges.

Mais il faut à présent que nous sachions ce que faisait Kay. Il est certain qu'il ne pensait pas à Gerda, et que l'idée qu'elle fût là, tout près, était bien loin de lui.

SEPTIÈME HISTOIRE

LE PALAIS DE LA REINE DES NEIGES

Les murailles du château étaient faites de neige amassée par les vents, qui y avaient ensuite percé des portes et des fenêtres. Il y avait plus d'une centaine de salles immenses. La plus grande avait une longueur de plusieurs milles. Elles étaient éclairées par les feux de l'aurore boréale. Tout y brillait et scintillait. Mais quel vide et quel froid !

Jamais il ne se donnait de fêtes dans cette royale demeure. C'eût été chose facile que d'y convoquer pour un petit bal les ours blancs, qui, la tempête servant d'orchestre, auraient dansé des quadrilles dont la gravité décente eût été en harmonie avec la solennité du lieu. Jamais on ne laissait non plus entrer les renards blancs du voisinage ; jamais on ne permettait à leurs demoiselles de s'y réunir pour babiller et médire, comme cela se fait pourtant à la cour de bien des souverains. Non, tout était vaste et vide dans ce palais de la Reine des Neiges, et la lumière des aurores boréales qui augmentait, qui diminuait, qui augmentait de nouveau, toujours dans les mêmes proportions, était froide elle-même. Dans la plus immense des salles, on voyait un lac entièrement gelé, dont la glace était fendue en des milliers et des milliers de morceaux ; ces morceaux étaient tous absolument semblables l'un à l'autre. Quand la Reine des Neiges habitait le palais, elle trônait au milieu de cette nappe de glace, qu'elle appelait le seul vrai miroir de l'intelligence.

Le petit Kay était bleu et presque noir de froid. Il ne s'en apercevait pas. D'un baiser la Reine des Neiges lui avait enlevé le frisson ; et son cœur n'était-il pas d'ailleurs devenu de glace ? Il avait dans les mains quelques-uns de ces morceaux de glace plats et réguliers dont la surface du lac était composée. Il les plaçait les uns à côté des autres en tout sens, comme lorsque nous jouons au jeu de patience. Il était absorbé dans ces combinaisons, et cherchait à obtenir les figures les plus singulières et les plus bizarres.

Ce jeu s'appelait le grand jeu de l'intelligence, bien plus difficile que le casse-tête chinois.

Ces figures hétéroclites, qui ne ressemblaient à rien de réel, lui paraissaient merveilleuses ; mais c'était à cause du grain de verre qu'il avait dans l'œil.

Il composait, avec ces morceaux de glace, des lettres et parfois des mots entiers. Il cherchait en ce moment à composer le mot Éternité. Il s'y acharnait depuis longtemps déjà sans pouvoir y parvenir. La Reine des Neiges lui avait dit : « Si tu peux former cette figure, tu seras ton propre maître ; je te donnerai la terre tout entière et une paire de patins neufs. »

Il s'y prenait de toutes les façons, mais sans approcher de la réussite.

« Il me faut faire un tour dans les pays chauds, dit la Reine des Neiges. Il est temps d'aller surveiller les grands chaudrons. (Elle entendait par ces mots les volcans l'Etna et le Vésuve.) La neige de leurs cimes est peut-être fondue. »

Elle s'élança dans les airs. Kay resta seul dans la vaste salle de plusieurs milles carrés. Il était penché sur ses morceaux de glace, imaginant, combinant, ruminant comment il pourrait les agencer pour atteindre son but. Il était là, immobile, inerte ; on l'aurait cru gelé.

En ce moment, la petite Gerda entrait par la grande porte du palais. Des vents terribles en défendaient l'accès. Gerda récita sa prière du soir, et les vents se calmèrent et s'assoupirent. L'enfant pénétra dans la grande salle ; elle aperçut Kay, le reconnut, vola vers lui en lui sautant au cou, le tint embrassé en s'écriant : « Kay ! Cher petit Kay, enfin je t'ai retrouvé ! »

Lui ne bougea pas, ne dit rien. Il restait là, roide comme un piquet, les yeux fichés sur ses morceaux de glace. Alors la petite Gerda pleura de chaudes larmes ; elles tombèrent sur la poitrine de Kay, pénétrèrent jusqu'à son cœur et en fondirent la glace, de sorte que le vilain éclat de verre fut emporté avec la glace dissoute.

Il leva la tête et la regarda. Gerda chanta, comme autrefois dans leur jardinet, le refrain du cantique :

Kay, à ce refrain, éclata en sanglots ; les larmes jaillirent de ses yeux et le débris de verre en sortit, de sorte qu'il reconnut Gerda et, transporté de joie, il s'écria : « Chère petite Gerda, où es-tu restée si longtemps, et moi, où donc ai-je été ? »

Regardant autour de lui : « Dieu, qu'il fait froid ici ! dit-il, et quel vide affreux ! » Il se serra de toutes ses forces contre Gerda, qui riait et pleurait de plaisir de retrouver enfin son compagnon. Ce groupe des deux enfants, qu'on eût pu nommer l'Amour protecteur et sauveur, offrait un si ravissant tableau, que les morceaux de glace se mirent à danser joyeusement, et, lorsqu'ils furent fatigués et se reposèrent, ils se trouvèrent figurer le mot Éternité, qui devait donner à Kay la liberté, la terre entière et des patins neufs.

Gerda lui embrassa les joues, et elles redevinrent brillantes ; elle baisa les yeux, qui reprirent leur éclat, les mains et les pieds où la vie se ranima, et Kay fut de nouveau un jeune garçon plein de santé et de gaieté. Ils n'attendirent pas la Reine des Neiges pour lui réclamer ce qu'elle avait promis. Ils laissèrent la figure qui attestait que Kay avait gagné sa liberté. Ils se prirent par la main et sortirent du palais.

Ils parlaient de la grand'mère, de leur enfance et des roses du jardinet sur les toits. À leur approche, les vents s'apaisaient et le soleil apparaissait. Arrivés aux broussailles chargées de fruits rouges, ils trouvèrent le renne qui les attendait avec sa jeune femelle ; elle donna aux enfants de son bon lait chaud. Puis, les deux braves bêtes les conduisirent chez la Finnoise, où ils se réchauffèrent bien, puis chez la Laponne, qui leur avait cousu des vêtements neufs et avait arrangé pour eux son traîneau.

Elle les y installa et les conduisit elle-même jusqu'à la frontière de son pays, là où poussait la première verdure. Kay et Gerda prirent congé de la bonne Laponne et des deux rennes qui les avaient amenés jusque-là. Les arbres avaient des bourgeons verts ; les oiseaux commençaient à gazouiller. Tout à coup, Gerda aperçut sur un cheval magnifique qu'elle reconnut (c'était celui qui était attelé au carrosse d'or), une jeune fille coiffée d'un bonnet rouge. Dans les fontes de la selle étaient des pistolets. C'était la petite brigande. Elle en avait eu assez de la vie de la forêt. Elle était partie pour le Nord, avec le projet, si elle ne s'y plaisait pas, de visiter les autres contrées de l'univers.

Elle reconnut aussitôt Gerda, qui aussitôt la reconnut. C'est cela qui fut une joie !

« Tu es un joli vagabond, dit à Kay la petite brigande. Je me demande un peu si tu mérites qu'on coure à cause de toi jusqu'au bout de la terre. »

Gerda lui caressa les joues, et, pour détourner la conversation, demanda ce qu'étaient devenus le prince et la princesse. « Ils voyagent à l'étranger », répondit la fille des brigands. « Et les corneilles ?

— Celle des bois est morte : l'autre porte le deuil et se lamente de son veuvage ; entre nous, ses plaintes ne sont que du babillage. Mais raconte-moi donc tes aventures et comment tu as rattrapé ce fugitif. »

Gerda et Kay firent chacun leurs récits.

« Schnipp, schnapp, schnoure, pourre, basseloure », dit la petite brigande ; elle leur tendit la main, leur promettant de les visiter, si elle passait par leur ville. Elle reprit ensuite son grand voyage.

Kay et Gerda marchaient toujours la main dans la main ; le printemps se faisait magnifique, amenant la verdure et les fleurs. Un jour ils entendirent le son des cloches, et ils aperçurent les hautes tours de la grande ville où ils demeuraient. Ils y entrèrent, montèrent l'escalier pour aller chez la grand'mère. Dans la chambre, tout était à la même place qu'autrefois. La pendule faisait toujours tic-tac ; mais en passant la porte, ils s'aperçurent qu'ils étaient devenus de grandes personnes.

Les roses devant les mansardes étaient fleuries. Kay et Gerda s'assirent sur le banc, comme autrefois. Ils avaient oublié, comme un mauvais rêve, les froides splendeurs de la Reine des Neiges. La grand'mère était assise au soleil et lisait dans la Bible : « Si vous ne devenez pas comme des enfants, lisait-elle, vous n'entrerez pas dans le royaume de Dieu. »

Kay et Gerda se regardèrent et comprirent le vieux refrain :

Les roses fleurissent et se fanent
Nous verrons bientôt l'Enfant Jésus.

Ils restèrent longtemps assis, se tenant par la main. Ils avaient grandi, et cependant ils étaient encore enfants, enfants par le cœur.